JN067527

マドンナメイト文庫

ふたりの巨乳教師と巨乳処女 魅惑の学園ハーレム

鮎川りょう

目次

contents

ふたりの巨乳教師と巨乳処女
魅惑の学園ハーレム

第一章　保健室の巨乳先生

1

――保健室の莉沙《りさ》先生、白衣の下はいつもニットのセーターで、しかもノーブラらしいぞ。

そんな噂《うわさ》が三日前よりクラスの中にひろまっていた。

花村《はなむら》莉沙はいつも白衣姿で、その中身を見た者はほとんどいないが、三日前、クラスメイトの小柳《こやなぎ》が体育の授業中に貧血で倒れ、そのまま保健室に運ばれたのだ。

そのとき、莉沙がたまたま白衣を脱いでいて、小柳を運んだ真中《まなか》と近藤《こんどう》が、幸運にもニットのセーター姿を目にしたのだ。

貧血の小柳は見ておらず、いまだに悔やんでいる。逆に、ラッキーな真中と近藤は、やっぱり人助けはするものだ、と何度も口にしていた。

ただノーブラかどうかは意見が分かれている。真中はノーブラだ、乳首のぽつぽつが見えたと言っているが、近藤は見えていない、と言っている。

どっちなんだっ。ノーブラなのかっ、どうなのかっ。

いずれにしても、莉沙のニットセーター姿を見られたなんて、あいつらは羨ましすぎる。

「ここ、だからね。この構文は例文ごと暗記するように」

小谷愛華《こたにあいか》の声に力が入る。

そろそろ脱ぐぞっ。

莉沙のことを考えていた山田健太《やまだけんた》は、授業に集中する。というか、教壇に立つ英語教師に集中する。

愛華は大学を出たばかりの新人教師で、健太のクラスの担任である。いつも紺のジャケットに白のブラウス、そして紺のスカート姿で教壇に立っている。

だが、授業に熱が入ってくると必ず、ジャケットを脱ぐのだ。美人女教師がジャケットを脱ぐ姿自体にも惹《ひ》かれるが、それよりも中身がそそるのだ。

愛華がジャケットを脱いだ。

おう、と健太は心の中でうなる。健太だけではなく、クラスの半分の男子生徒たちみながうなっているはずだ。

愛華は白の長袖のブラウスを着ていたが、胸もとがぱんぱんに張っていた。かなりの巨乳である。今にもボタンがはじけ飛びそうなのだ。

「わかりましたか。ここは大事ですっ」

愛華が横を向き、チョークで例文をたたく。ポニーテールが揺れた。

ああ、なんておっぱいだ。白のブラウス姿で横向きになると、極上のラインがより強調されて見える。

莉沙のバストは白衣の下に隠れて見えないが、愛華のバストはこうして毎回楽しませてくれる。

バストだけではなく、揺れるポニーテールもたまらない。愛華は常にポニーテールだった。漆黒のロングヘアを背中に流している姿を見たやつはいない。

ああ、莉沙のおっぱい、愛華のおっぱい。莉沙のおっぱい、愛華のおっぱい。

童貞の健太の頭に、ふたりの美人教師の乳房が浮かび、回転する。

見たいっ、おっぱい見たいっ。揉《も》みたいっ、おっぱい揉みたいっ。

「あっ、山田くんっ、どうしたのっ」

愛華がこちらを見ている。

今、山田くんって僕の名前を呼ばなかったか。

愛華が授業を止めて、こちらにやってくる。なんか心配そうな顔をしている。

愛華の知的な美貌が迫ってくる。

なにっ、これはなんだっ。

「鼻血、出ているわよ」

「えっ、鼻血、ですか……」

愛華がスカートのポケットからハンカチを出して、健太の鼻に当ててきた。

「先生、汚れます……」

「そのまま、保健室に行ってきなさい」

はい、と健太は、ハンカチで鼻を押さえたまま教室を出た。


保健室は第一校舎の一階の端にある。

ドアをノックすると、はい、と中から返事があった。莉沙の声だ。授業中に聞くと、ドキンとする。鼻血を出してきただけだったが、なにかこれからいけないことをするような気持ちになった。

失礼します、とドアを開ける。

莉沙は白衣姿だった。残念だ。

「あら、どうしたの」

ハンカチで鼻を押さえている健太を見て、莉沙が心配そうに尋ねる。

健太は莉沙の前の丸椅子に腰かけた。

「鼻血が出てしまって……」

「そうなのね。見せて」

と、莉沙が言い、健太はハンカチを取った。

すると、莉沙が美貌を寄せてきた。

「止まっているようね」

莉沙は立ちあがり、救急箱を持ってきた。ガーゼに消毒液をつけると、鼻の下を拭きはじめる。

それだけでも、ドキドキする。

「授業中に鼻血出すなんて、どうせエッチなこと想像していたんじゃないのかしら」

図星をつかれ、うっ、となる。

「やっぱりね。小谷先生の授業だったんじゃないのかしら」

これまた、当ててくる。

「はい……」

「授業中、鼻血を出すなら、小谷先生よね。ジャケットを脱いだときに、出したんでしょう」

「どうしてわかるんですかっ」

思わず大声をあげてしまう。

「あなたたち、童貞くんが考えることなんか、わかるわよ」

そう言って、健太の鼻をつんつんと突いてくる。

「僕、あの……童貞では……」

「なに」

「いや……童貞です」

「私の前で、変な見栄張らなくてもいいから」

「すいません……でも、あの……小谷先生がジャケットを脱いだときに鼻血を出したのは、そうなんですけど……あの、原因は、それだけではないんです」

「そうなの。聞かせて」

莉沙が健太をまっすぐ見つめている。

「あの、その……」

莉沙のノーブラニットを想像して鼻血を出したとは、恥ずかしくて、なかなか言えない。つい白衣の胸もとを見て、黙ってしまう。

「ああ、ここね」

すぐに察した莉沙が、高く張っている白衣の胸もとを指さす。

「は、はい……」

「あ、あの……ニットのセーターを着ていらっしゃるんですか」

「ああ、山田くんのクラスのあのふたりね。体育の授業のとき、貧血で倒れた生徒を連れてきたのよね」

「はい……」

「あのとき、白衣脱いでいたの……それを見て、噂していたのね」

「はい……想像してしまって……そんなときに、小谷先生がジャケットを脱いだものだから、あの、相乗効果で……鼻血が……」

「小谷先生のブラウス姿、エロいからね」

と、莉沙が言う。

「花村先生もそう思いますか」

「思うわよ。職員室でもよくブラウス姿でいるからね。男性の先生たち、なんか落ち着かないのよ。私は男性の先生たちやあなたたち童貞生徒のことを思って、白衣は脱がないでいるの」

「そうなんですか」

「小谷先生って、自分のブラウス姿が生徒たちに悪影響をもたらしているって、気づいていないのよ。間違いなく、処女ね」

「やっぱり、処女ですか」

小谷愛華の顔とボディが浮かび、また鼻血を出した。

「あら、すごいわね」

と言って、ガーゼを健太の鼻の穴に押しこんでくる。

「性欲、バリバリね。まあ、仕方がないわ。そんなお年頃だもの」

「すいません……」

「見たいかしら」

「えっ……」

「私の白衣の下、見たいかしら」

莉沙が小悪魔のような目をして、聞いてくる。

「見たい、見たいですっ」

「そんなに見たいの。服は着ているのよ」

「見たいですっ。おねがいしますっ、花村先生っ」

「わかったわ……特別に見せてあげるわ。ただ、このことは内緒よ。山田くんと私だけのふたりのひ、み、つ」

と言って、人さし指を健太の口に置いた。

健太はまた鼻血を出しそうになったが、ぎりぎり出なかった。

「秘密、守りますっ」

莉沙はうなずくと、白衣のボタンに手をかけた。

2

ひとつずつ、ゆっくりとはずしていく。

すぐにニットのセーターがあらわれた。グレーだった。これは、おっぱいがもろわかりな色だぞ、と期待する。

黒だとよくわからないが、グレーならまともにわかる。

莉沙が三つめのボタンをはずした。すると、ニットセーターの胸もとがあらわれた。

「あっ、乳首っ」

いきなりニットセーター越しに、乳首のぽつぽつがわかった。

完全にノーブラである。

「あら、やだ。すごく勃《た》ってるわね。山田くんが、小谷先生のブラウスおっぱいの話をするから、なんか興奮しちゃった」

そう言いながら、莉沙は白衣のボタンをすべてはずし、脱いでいった。

上半身、ニットセーター姿を披露する。

「ああ、花村先生……本当にノーブラニットなんですね」

莉沙の胸もとは、ぱんぱんに張っていた。乳房の豊かさ、形がまともにわかる。Fカップは間違いなくあるだろう。

それもよかったが、それ以上に、乳首のぽつぽつに健太は感激し、興奮していた。

「そんなにこのぽつぽつに興奮するのかしら」

そう聞きながら、莉沙がニットセーター越しに、自らのぽつぽつを摘まんだ。

「あっ……あんっ……」

甘い声をあげた。

「ああ、すごく感じるわ……山田くんの目がすごくエロいからかしら……やっぱり、童貞は熱量が違うわね」

莉沙は生徒の前で乳首を摘まみつつ、はあはあ、と火の吐息を洩《も》らしている。

「暑いわね」

「そ、そうですね……」

保健室も暖房が効いていたが、それだから暑いのではなかった。健太はもちろんだが、ノーブラニットを見せている莉沙も、かなり身体を火照らせているようだ。

「摘まんでみる？」

「えっ……」

莉沙がとんでもないことを聞く。

「ぽつぽつ、摘まんでみるかしら」

「い、いいんですか……そんなこと、してもいいんですか」

問いかける声が震えている。

「いいわよ。だって、セーター越しに摘まむだけでしょう」

「そ、そうですけど……」

「じゃあ、摘まんで」

と言って、莉沙がぽつぽつから手を引き、どうぞ、とノーブラニットの胸もとを差し出す。

「ああ……」

さらに乳首が勃ち、ぽつぽつがより大きくなっている。摘まんでください、と言っているように見える。

「そんなにぽつぽつ好きなのかしら」

「好きです。ぽつぽつ、最高です」

「じゃあ、摘まんで」

「ありがとうございます、花村先生っ」

きちんと礼を言うと、健太は莉沙のバストに手を伸ばしていく。

しかし、なんて見事な曲線を描いているのだろうか。

思わず乳房をまるごとつかみたくなるが、莉沙の機嫌を損ねたらお終《しま》いだ。

乳首だ。乳首を摘まむのだ。

健太はつんと突き出ている右の乳首を、ニットのセーター越しに摘まんだ。

「あんっ……」

莉沙が敏感な反応を見せた。

あっ、これって今、僕のひと摘まみで莉沙先生を感じさせたんだっ。

健太は乳首を摘まんだまま、左右の指でころがしていく。

「あっ、ああ……あんっ……」

莉沙がニットセーターに包まれた上半身をぶるっと震わせる。

「ああ、こっちも……」

莉沙が左のぽつぽつを指さす。はい、と健太は右の乳首をころがしつつ、左の乳首もニット越しに摘まむ。

「はあっ、あんっ……」

莉沙が形のよいあごを反らす。感じている表情がたまらない。クラスメイトに見せてやりたい。

「ああ、すごく感じるわ……やっぱり、学校の中でするのは別格なのね……はじめて知ったわ」

莉沙がうっとりとした表情で、そう言う。

「じかに、いいかな」

莉沙が言う。

「じ、じかっ、ですかっ」

「声が大きいわ」

「すいません……」

「いいかな。じかに摘まんでほしいの」

「もちろんです」

じかということは、これから莉沙がセーターをたくしあげるということだ。ノーブラだから、いきなり莉沙のおっぱいがあらわれるのだ。

「あっ、またっ、こっちから鼻血がっ」

ガーゼで塞いでいないほうの鼻の穴から、鼻血が出てきた。莉沙があわててガーゼで押さえる。

思えば今まで、鼻の穴にガーゼを入れた状態で、莉沙の乳首をいじっていたことになる。なんとも情けない姿をさらしていたのだ。

まあ、そんなことに気づかないくらい、お互い興奮していた。

莉沙がもう片方にもガーゼを押しこんでくる。

「息、苦しくないかしら」

「大丈夫です」

「童貞くんって、素直でいいね。じかに摘まめると思っただけで、鼻血を出すなんて。なんか、ストレートでいいな。先生、好きよ」

莉沙に好きと言われて、健太は舞いあがる。健太だからというより、童貞が気に入ったみたいだが、好きと言われるのなら、なんでもいい。

「じゃあ、おっぱい、出すよ」

「はいっ」

「大丈夫かな。鼻血出しすぎて、失神とかしないよね」

「しませんっ」

「じゃあ……」

莉沙がニットセーターの裾をつかんだ。健太は凝視する。

「ああ、そんなにじっと見られたら……ああ、なんか、恥ずかしいな……」

「花村先生、おねがいしますっ」

乳首はさらに勃起して、ぽつぽつが露骨に浮かんでいる。莉沙から、甘い体臭が漂いはじめる。汗ばんでいるのだ。

莉沙がニットセーターの裾をたくしあげていった。

平らなお腹《なか》があらわれる。縦長のへそがセクシーだ。

そして、乳房の裾があらわれる。なにせ、ノーブラなのだ。まくれば即、おっぱいまる出しとなるのだ。

たわわなふくらみの下半分があらわれた。

健太は息を呑《の》んで、乳首があらわれるのを見つめている。

莉沙はなかなかまくらない。乳首を見せない。

「先生、じらさないでください。また、鼻血出そうです」

「それはだめっ」

莉沙が一気にニットセーターをたくしあげた。

ぷるるんっと、たわわに実った乳房のすべてがあらわれた。

それはニットセーター越しより、さらに豊かだった。間違いなく、巨乳だ。

つんととがった乳首は、淡いピンク色だった。

「どうかしら、先生のおっぱい」

「最高ですっ。最高すぎますっ」

健太は息を荒らげていた。

「息、苦しいでしょう。ガーゼ、取ったほうがいいかな」

と言って、ニットセーターを鎖骨までたくしあげた状態で、莉沙が健太の顔に手を伸ばしてきた。

当然、あらわな乳房も接近する。

「あ、ああ、おっぱいっ、莉沙先生の……あああ、ナマおっぱいっ」

「あら、私のこと、莉沙先生って、呼んでいるのかしら」

「す、すいません……」

健太は迫っている乳房から目を離せなくなっている。

「いいわよ。そう呼んで、健太くん」

莉沙が健太を名前で呼んだ。

「えっ、どうしてっ、僕の名前を知っているんですかっ」

名札には山田としか書いてない。それに、三百人近く生徒はいるのだ。半分が男子で百五十人。平凡な健太の名前を知っているなんて、驚きだった。

「私はM高校の養護教諭よ。みんなの名前、知っているわ」

「そうなんですかっ。ああ、感激しましたっ」

「あら、うれしいわ」

じゃあ、取るね、と莉沙が健太の鼻の穴からガーゼを取る。ナマの巨乳を前にしていたが、今のところ、もう鼻血は出ていない。出しきったのだろうか。

3

「じゃあ、じかに摘まんでみて」

目の前まで迫っている莉沙がそう言う。

「は、はい……」

莉沙の乳首はつんととがっている。触ってほしがっているように見える。いや、そう見えるのではなく、実際、莉沙は触ってほしがっているのだ。

「どうしたのかしら。怖《お》じけづいた？」

莉沙が小悪魔のような目で見つめている。

「い、いいえ……じゃあ、あの、すいません……失礼します」

と言うと、健太は憧れの養護教諭の右の乳首を摘まんでいった。

じか摘まみするなり、

「あんっ」

と、莉沙が甘い声を洩らす。その声に煽《あお》られ、摘まんだ乳首をこりこりところがしていく。

「あっ、あうんっ……やっぱり、じかがいいわね、健太くん」

「は、はい、莉沙先生……」

名前を呼ばれるたびに、ブリーフの中で、我慢汁がどろりと出る。もちろん、ペニスはびんびんで、痛いくらいだ。

「こっちも」

莉沙が左の乳首に目を向ける。すいません、と左の乳首も摘まんでいく。左右同時にころがしていく。すると、

「はあっ、あんっ、やんっ」

莉沙が上半身をぶるっと震わせる。すると鎖骨までたくしあげていたセーターが、下がってきた。

莉沙が裾をつかみ、万歳するように両腕をあげていく。

腋《わき》の下がちらりとのぞき、健太は目を見張る。

ああっ、おっぱいだけじゃなくて、莉沙先生の腋の下も見たぞっ。

莉沙がニットのセーターを頭から抜いた。茶色の髪はアップにまとめている。

「今、腋、見たよね」

と、莉沙が言う。

「す、すいません……つい見てしまいました」

「腋、好きなのかしら」

「は、はい……」

「どうして男子って、腋が好きなのかしら」

「どうしてって、エロいからです」

と、健太は答える。

「エロいの……これが」

と言って、莉沙がしなやかな両腕を万歳するようにあげていく。乳房の底が持ちあがり、そして腋の下があらわれる。

「ああ、莉沙先生……」

莉沙の腋のくぼみは、すっきりとしていてきれいだった。暑い、と言っていたように少し汗ばんでいた。そこから、かすかに汗の匂いがしてくる。

「ああ、なんか、乳首見られるより……恥ずかしいな……」

乳房をもろ出ししたときは恥じらっていなかった莉沙が、腋の下を生徒にさらして頬を赤らめている。

「あ、あの……」

「いいわよ。顔、押しつけたいんでしょう」

「そうですっ。よくわかりますね」

「押しつけたいって顔しているもの。健太くんは正直なのよ」

「そうなんですか」

「さあ、どうぞ」

　莉沙が両腕をあげたまま、そう言う。

　目の前にはまる出しの乳房があったが、健太は熱い眼差《まなざ》しを腋の下に注ぎ、そして顔面を寄せていく。

　腋の下に顔を押しつけた。甘い匂いに包まれる。

「あんっ、ああ、恥ずかしい……」

　莉沙がくなくなと上半身をくねらせる。身体が火照るのか、汗がじわっとにじみ出てくる。

　興奮した健太は勢いに任せて、腋の下に顔を埋《うず》めたまま、乳房をつかんでいた。たわわなふくらみを、ぐぐっと揉みこんでいく。

「あっ、ああっ」

　莉沙が甲高い声をあげる。

はじめて揉むおっぱいは、想像を凌駕《りょうが》する揉み心地だった。揉んでいて、こんなに気持ちよく、こんなに昂《たかぶ》るものは、この世にはないと思った。

「ああ、もっと強く揉んで、健太くん」

健太は力をこめて、揉んでいく。

「痛くないですか」

腋から顔を引いて、健太は聞く。

「気持ちいいの。もっと強く」

はいっ、と健太は両手でふたつのふくらみを鷲《わし》づかみにし、力強く揉みしだいていく。

「はあっ、ああ……」

莉沙は両腕をあげたままで、火の喘《あえ》ぎを洩らしている。

おっぱいを揉まれている間も、腋の下をずっと見せているなんて、なんてサービス精神がある教師なんだろう。教師の鏡だ。

健太はひたすら巨乳を揉みつづける。自分の手で、莉沙の乳房の形が変わるのがたまらない。

「ああ、どうかしら、先生のおっぱい」

「最高ですっ」

「それしか言えないの」

「すいません……語彙が貧弱で……」

「乳首、吸ってみて」

と、莉沙が言う。

「いいんですかっ」

「いいわ……吸われたいの……乳首、ずっとむずむずしているの」

健太は乳房から手を引いた。とがった乳首が震えている。そこにしゃぶりついていく。口に捉えると、じゅるっと吸う。

「あっ、ああっ」

莉沙が健太の後頭部に手を置き、押してくる。

「う、うぐぐ、うう……」

健太の顔面が、豊満なふくらみに埋もれていく。乳房も汗ばんでいて、甘い体臭に包まれる。

「吸ってっ」

口が疎《おろそ》かになっていた。あわてて、じゅるっと吸う。

「あうっんっ、上手よ、健太くん」

莉沙が褒めてくれる。お世辞だろうが、褒められて悪い気はしない。健太はがんばって、強く吸っていく。

「あ、ああっ」

莉沙はさらに強く後頭部を押してくる。健太の顔面が完全に、豊満なふくらみに埋もれてしまっている。

「ああ、やっぱり男の人に吸われるのがいいわね……ああ、ひと月前に、彼氏と別れて、ずっとご無沙汰なの……」

「うう、うう……」

そうなんですか、と返事をしていた。

「しばらく、男はいらないと思っていたんだけど……学校って、男の子の宝庫なのよね」

もっと吸いなさいっ、と莉沙がぐりぐりと乳房を押しつけてくる。

「うう、ううっ」

健太はうめきつつも、懸命に吸っていく。

「ああ、健太くんって、舐《な》めダルマになれるかしら」

そう言って、後頭部の髪をぐっと引きあげる。

「えっ……」

はあはあ、と荒い息を吐きつつ、健太は莉沙を見つめる。

莉沙の瞳は妖しく潤んでいる。いつも以上に、エロかった。エロがむんむん発散されている。健太は我慢汁を出しまくりだ。

「クリとおま×こをずっと舐めてほしいの。できるかしら」

「ずっとですか」

「そう。おま×こが疼《うず》いたときに呼び出すから、ここに来て、舐めてほしいの」

「舐めるだけですか」

「あら、童貞のくせして贅沢ね。先生のあそこを舐めるだけではご不満なのかしら」

「まさかっ」

健太は激しくかぶりを振る。

「ちょっと試してみようかしら」

そう言うと、莉沙は立ちあがり、スカートの裾をつかむと、たくしあげはじめる。

「あ、あああ、莉沙先生……」

莉沙はベージュのストッキングでふくらはぎを包んでいた。膝小僧があらわれると、太腿《ふともも》もあらわれる。こちらもストッキングに包まれていたが、いきなりガーターベルトが見えた。

「あっ、すごいっ」

莉沙はストッキングをガーターベルトで吊《つ》って、保健室の業務をやっていたのだ。

こんな保健室の先生、ほかにいるだろうか。

太腿の半ばから、ナマとなる。肌理《きめ》細かい肌は抜けるように白い。

そしてつけ根には、白のパンティが貼りついていた。白とは言っても、フロント部分がシースルーになっている。だから、恥毛が透けて見えていた。

隠すためのパンティなのに、いちばん隠すところを透けさせていた。

「どうかしら」

「エロすぎますっ。最高にエロすぎですっ」

「ほかには言えないのかしら」

「すいませんっ」

「舐めてみて」

と、莉沙が言う。

「な、舐めるって、この、すけすけパンティのお、奥を、ですか」

「そうよ」

「そ、そんなこと……彼氏でもない僕が……い、いいんですか」

「もうおっぱい揉んで、乳首も吸っているじゃない。腋の匂いだって嗅いでいるでしょう。もう、彼氏並のことしているわよ、健太くん」

「か、彼氏、並……」

彼氏でもないのに、彼氏並のことをしていると言われ、身体が震える。

「はやく、舐めて……クリ、疼いて仕方がないの。乳首、吸われたからだわ」

「そ、そうなんですね……あ、あの、脱がしていいですか」

「脱がさないと、クリ舐められないでしょう」

「そうです、そうなんです」

失礼します、と健太はすけすけパンティに手をかける。そして震える手で下げていく。

すると、莉沙の下腹の陰りがあらわれた。

シースルー越しにすでに見ていたが、やはり、じかだと違う。

莉沙の陰りは薄めで、すうっと通った割れ目は剝《む》き出しだった。

「ああ、割れ目ですよね……」

「そうね。割れ目ね」

「ああ、ここにおち×ぽ入れるんですよね」

「そうね。入れたら、童貞卒業ね」

「卒業……」

「ち×ぽ、入れるんじゃないわよ。クリを舐めてって言っているの」

「そうですよね。すいません。あ、あの、クリは？」

「自分で探しなさい」

クリは割れ目の頂点にあるはずだ。ＡＶではそこを舐めている。

割れ目は剝き出しだが、頂点あたりには恥毛が生えている。

健太は見当をつけて、頂点あたりに指を入れていく。すると、小さな芽のようなものに触れた。ちょんと突くと、

「はあっ、あんっ」

莉沙が敏感な反応を見せた。

ここだっ、とさっそく摘まみ、こりこりところがす。

「あっ、あああ……あああ……やっぱり男の人に……ああ、いじられるほうがいいのね……上手よ、健太くん」

「ありがとうございます」

思えば、さっきから学校の中ではじめて教師に褒められている気がした。

健太が通う私立高校は中堅クラスだが、その中で下をうろうろしている状態なのだ。

「いじってばかりいないで、舐めて」

はい、と健太は顔を莉沙の恥部に寄せていく。すると、腋の下や乳房で嗅いだ甘い体臭とはまた違った、股間に直接響くような匂いが漂ってきた。

おま×この匂いだっ、と思った瞬間、また鼻血を出していた。今度は大量に出て、ぽたぽたと床に落ちていく。

4

「あらっ、また鼻血出したのねっ」

莉沙がしゃがもうとしたとき、保健室のドアがノックされた。

莉沙が返事をする前にドアが開けられ、失礼します、と愛華が入ってきた。

「あっ……」

莉沙と愛華の声が重なった。

莉沙はおっぱいまる出しの状態で、しゃがもうとしていて、健太は丸椅子に座っていた。

「えっ、な、なに……これは、いったい、なんですか」

愛華が驚きの声をあげるなか、鼻血がぽたぽたと落ちつづけている。

莉沙は乳房を隠すことなく、しゃがむと、ガーゼを手にして、健太の鼻の穴に突っこんだ。恥部は下がったスカートで隠れている。

愛華が寄ってくる。白のブラウスに紺のスカート姿だ。

目の前におっぱいまる出しの莉沙がいるのに、愛華のブラウスの胸もとに健太の視線は引きよせられていた。

「興奮しすぎたみたいね」

と言いつつ、莉沙はスカートの中に手を入れ、パンティを引きあげると、そばに置いていたセーターを手にして頭からかぶっていく。

「山田くん、大丈夫なの」

愛華もしゃがみ、心配そうに健太の顔をのぞきこんでくる。

美貌が近い。ブラウスの胸もとは手が届くところにある。

また、鼻血が出た。ガーゼで押さえている。

「あら、また出たようね」

大量に出て、ガーゼからにじみ出ている。

莉沙は床に落ちた鼻血をタオルで拭く。

「これはいったい……花村先生、どうして、お、おっ……バストを出していたんですかっ。そんなことするから、鼻血を出しているんですよねっ」

新任教師が珍しく、先輩教師に向かって声を荒らげる。

「そもそも最初に鼻血を出したのは、小谷先生のせいですよ」

ニットセーターをきちんと着ると、莉沙がそう言った。きちんと着たが、巨乳ノーブラゆえに、エロさはおっぱいまる出しのときと変わらない。

「私のせい……どういうことですかっ」

愛華が納得できないといった顔で聞く。

「その胸よ」

「む、胸……」

「ぱんぱんに張らせて。そんなものを生徒たちに見せながら、まじめな顔で授業をしているんでしょう。生徒たちには目の毒なのよ」

「そうなの、山田くん」

愛華が問うような目を健太に向けてきた。

「そ、それは……」

「正直に言ってっ。私の胸を見て鼻血を出したのっ」

愛華が真剣な眼差しで聞いてくる。

愛華のバストだけではなく、莉沙のノーブラバストのことも重なっていたが、直接の原因は愛華のブラウスの胸もとだった。

はい、と健太はうなずいた。

「えっ……そんな……」

愛華はとてもショックを受けた顔をしている。

「小谷先生、授業の途中で熱が入ってくると、ジャケットを脱ぐでしょう」

「脱ぐわ……」

「それが、いけないんです」

「脱ぐっていっても、ジャケットだけなのよ。下着を見せているわけではないわ」

「小谷先生のブラウス姿は、女の目から見ても、エッチだわ」

と言って、莉沙が愛華のブラウスの胸もとをちょんと突いた。故意か偶然か乳首を直撃したようで、

「あっ」

と、愛華が甘い声をあげる。

「あら、感じたのかしら。意外と敏感ね」

そう言って、さらに莉沙がブラウス越しに、愛華の高く張った胸もとを突いていく。

「あっ、あんっ……やめてくださいっ、花村先生っ」

愛華が莉沙をにらみつけるが、その眼差しはどこか甘い。

「とにかく、小谷先生が鼻血を出させたのよ。私は関係ないわ」

さっき、ほとんど裸の姿を愛華にさらしつつも、莉沙がそう言った。

愛華のほうは、自分のブラウス姿が生徒に悪影響を与えたことを指摘されて、落ちこんでいた。


放課後――健太は帰宅部だが、すぐに帰らず、生徒指導室にいた。

五時間目の休み時間に愛華が教室に姿を見せて、健太を呼びよせ、

「話があるから、放課後、生徒指導室に来て」

と言ったのだ。

鼻血の件だと思ったが、どういった話なのかわからなかった。愛華が保健室に入っ

てきたとき、莉沙はほとんど裸だったのだから、なにをしていたのか、くわしく聞くつもりなのだろうか。

いずれにしても、愛華と個室でふたりきりとなる。

生徒指導室は第三校舎の四階にあり、いつもひっそりとしている。生徒たちがふだん通らない、静かな場所で生徒指導をするということなのだろうが、美人教師とふたりきりだと待っている間もドキドキする。

ドアがノックされた。はい、と返事をする。

ドアが開き、愛華が入ってきた。小さな机を挟んで、差し向かいに座る。

そのとたん、机と椅子だけの殺風景な空間が、一気に華やいだ。やっぱり美人は違う。存在自体が素晴らしい。

愛華は紺のジャケットを着ていた。ボタンもきちんと留めて、ブラウスの胸もとを健太の目から遮断している。

「あの……その……正直に答えてほしいの」

「はい……」

「あの……私って、その……エッチなのかしら……」

まじめな表情で、そう聞いてくる。

「そんなことはありません……」

「でも、私を見て、授業中に鼻血を出したのよね」

「はい。そうです」

「じゃあ、やっぱり、私がエッチってことなのよね」

「まあ、そういうことになりますね……」

「花村先生がエッチっていうのなら、わかるの。でも、私はその……あの……」

そこで言葉を濁し、なぜか頬を赤らめる。

そんな愛華の恥じらう姿に、健太はドキドキする。

「先生はなんなのですか」

「あの、その……経験、ないから……」

愛華がいきなり処女告白をした。

「経験ないって、エッチがですかっ」

健太は大声で聞く。

「エッチだけじゃないわ……私、ずっと女子高、女子大だったし……だから、つき合ったこともないの」

なんと、キスも知らない真性処女かっ。

今朝までの健太と同じだった。健太も、キスも知らない真性童貞だったが、キスは知らないが、おっぱいは知ってしまった。これでは、真性ではない。

「私、男の人から声をかけられたこともないし……異性としては魅力がないんだと思っていたの……でも、教師としてはそれでよかったと思っていたの。あなたたち、その、やっぱり女性にいちばん興味がある時期でしょう……花村先生みたいだと、惑わすだけだと思って……」

「小谷先生がナンパされなかったのは、たぶん、すごくまじめそうに見えるからですよ。誘っても相手にされないと思って、声をかけていないだけですよ」

「そうなの……」

「すごくまじめな先生が、ジャケットを脱ぐと、すごく胸もとが張っているのがエロくて、興奮してしまうんです」

「そうなの……ああ、私、胸が大きいの……それがコンプレックスで……」

愛華はさらに頬を赤くさせている。

密室は、愛華の甘い匂いに包まれている。最高の空間だ。

「なにサイズなんですか」

健太は調子に乗って、聞いてしまう。

「えっ……」

愛華が困惑の表情を浮かべる。

「バストはなにカップなんですか」

愛華のブラサイズを知りたい一心で、思わず強く出てしまう。すると愛華は、セクハラですっ、と怒るどころか、

「え……エフ……カップです」

と、か細い声で答えたのだ。

もしかして、愛華先生はM体質なのかもしれないぞ。

「教師がFカップのぱんぱんのバストを、授業中見せつけていいんですかっ。生徒を惑わしていいんですかっ」

強めに言ってみる。

「ああ、ごめんなさい……私、教師失格かしら……」

愛華がすがるような目を教え子に向けてくる。

「ぱんぱんだから、エッチなんです。ボタンをふたつくらいはずして授業をすればいいんじゃないですか」

と言ってみた。愛華はいつもすべてのボタンを留めている。

「ボタンをはずしたら、前屈《まえかが》みになったとき、胸がのぞかないかしら」

「それは前屈みになったときだけでしょう。ぱんぱん状態は、ずっとですよ。授業中、小谷先生はぱんぱんのバストで、僕たちを惑わしているんです」

「そんな……」

そんなことないでしょうっ、と言うのではなく、泣きそうな顔になっている。

「ちょっと今、試してみませんか」

「えっ……」

「ボタンをはずしたら、どんな感じになるのか、見てみませんか」

「そ、そうね……」

愛華がジャケットのボタンをはずしはじめる。そして健太の目の前で、健太だけのために、紺のジャケットを脱いでいく。

ブラウスだけになる。ぱんぱんの胸もとが挑発している。個室でふたりきりの状態で見るぱんぱんの胸はまた格別だった。

鼻血は出ない。やはり、莉沙のおっぱいにじかに顔を埋めたことが効いているようだ。そうなると、あれも、もしかしたら治療のひとつなのかもしれない。

「ああ、なんかすごく恥ずかしいわ」

ジャケットを脱いだだけで、愛華はとても恥じらっている。たまらない。ブラウスのボタンはいちばん上まで留められている。

「ボタン、ふたつはずしてみてください」

愛華は素直に従う。喉にあるいちばん上のボタンをはずす。

「どうかしら」

「変化なしですね。ぱんぱんです」

愛華はもうひとつ、二番目のボタンもはずす。すると、わずかにぱんぱんがゆるんだ。でもバストが豊満すぎて、エロさは変わらない。

「もうひとつ、いいですか」

「三つもはずしたら、胸が見えてしまうわ」

「でも、ふたつはずしたくらいじゃ、変わらないですよ。明日また、先生の授業中に鼻血を出すかもしれません」

と、健太は脅す。

「そんな……」

愛華が三つめのボタンに手をかけ、はずした。すると、上がはだけた。フルカップのブラがのぞいた。清楚《せいそ》な白だ。

あごを引いて、自分の胸もとを見た愛華は、

「だめっ」

すぐにブラウスの前を合わせる。健太の視界から、ブラが消える。

「ブラが見えているわ」

「フルカップだからですよ。ハーフカップにすれば、ブラは見えませんよ」

「そうしたら、バストがすっかり見えてしまうわ。ああ、どうしたらいいのかしら」

愛華が困惑の表情を浮かべる。

健太は愛華のブラを見て、大量の我慢汁を出していた。

「とりあえず、ふたつはずした状態で、授業をやったらどうですか」

「いいえ。二度と授業中に、ジャケットは脱ぎません。ジャケットを脱がなければ、あなたたちを惑わすこともないわ」

今日はありがとう、と言うと、愛華はジャケットを手にして立ちあがり、先に出ていった。

健太は残り香をくんくん嗅ぎながら、さらに我慢汁を出していた。

5

健太は家に帰ると、すぐに着がえて塾に向かった。

あまりに成績が悪くて、塾に通い出したのだ。塾が入っているビルに近づくと、見知った女の子のうしろ姿が見えた。

同じクラスの伊藤美波《いとうみなみ》だ。足取りがなんか変だ。ふらついている。ビルの前で美波がしゃがみこんだ。

「伊藤さんっ」

健太は駆けよった。

美波が見あげた。美波はメガネっ娘だ。いつも黒縁の眼鏡をかけている。

「ああ、山田くん……」

健太は固まっていた。近距離で美波に見つめられ、その瞳の澄んだ美しさに打たれてしまったのだ。

——伊藤美波は眼鏡を取るとかなりの美形だぞ。

という話はよくクラスメイトとしていた。

女子に対して奥手な健太は、美波とはまともにしゃべったことがなく、こんな近距離で眼鏡の奥の瞳を見るのははじめてだった。

噂どおり。いや、噂以上の美少女かもしれない。

美波はクラス一の優等生で、ちょっと他人を寄せつけないところがある。同じ塾に通ってはいるが、美波は最上位のSクラス、健太は平均的なBクラスである。

「大丈夫？　なんかふらふらしてたけど」

「ちょっと目眩《めまい》がしただけ……」

「どこかで休んだら？」

とはいっても、どこで休むのか。そんな適当な場所はない。

「行かないと、授業はじまるから」

美波が立ちあがる。だが、数歩歩いて、またよろめく。

伊藤さんっ、と背後から抱き止めた。これは完全に偶然だったが、ブレザーの制服越しに、胸もとをつかんでしまった。

でかいっ。

美波が固まった。健太は背後から胸をつかんだままでいる。

「山田くん、胸……」

美波に言われ、はっと我に返る。

「あっ、ごめんなさいっ。これっ、偶然だからっ。ごめんなさいっ」

「わかってるから」

「ごめんなさいっ」

塾が入っているビルの入口で、健太は謝りつづける。

「そんなに大声、出さないで。人が見るでしょう。恥ずかしいな」

見ると、美波が頰を赤らめていた。こんな美波を見るのは、はじめてだった。かわいいと思った。


翌日――三時間目が愛華の授業だった。

愛華は紺のジャケットのすべてのボタンを留めてあらわれた。そしてそのまま、授業に入った。だが、二十分ほど過ぎた頃、愛華の授業に熱が入ってきた。

脱ぐぞ、ジャケット脱ぐぞっ。

愛華の授業はこのジャケットぬぎぬぎタイムが最大の山場だ。すべてのボタンを留めて完全ガードしているだけに、よけい期待が募っていた。

愛華がチョークを置いた。これは脱ぐ合図だ。

額の汗を拭う。暑いのだ。

さあ、脱げっ。ぱんぱんのおっぱいを見せろっ。

すでに莉沙のナマ乳房を見て、顔も埋めていたが、愛華のおっぱいは特別だ。ブラウス越しでも興奮する。

愛華がジャケットのボタンに手をかけた。教壇にひろげているテキストを見ている。授業のことしか頭にないのだ。暑いからジャケットを脱ごうとしているだけだ。

前がはだけた。

あっ。三つもボタン、はずしているぞっ。えっ、うそだろうっ。

愛華がジャケットを脱いだ。

三つのボタンがはずされたブラウスの胸もとは、ぱんぱん度が下がっていた。だが、そのぶん鎖骨があらわになり、わずかだが、乳房の隆起がのぞいていた。

ブラはフルカップではなく、ハーフカップだった。

愛華はすぐに黒板に向かい、あらたに板書をはじめる。

胸もとが見えなくなる。ほかの男子を見ると、みな目をまるくさせている。

「あっ……」

愛華が声をあげた。チョークを落としたのだ。

こちらを向き、チョークを拾おうと、愛華は前屈みとなった。

三つのボタンがはずされたブラウスの胸もとから、たわわなふくらみがのぞいた。

「あっ……」

あちこちから声があがっていた。

健太も声をあげた気がしたが、よくわからなかった。また、鼻血を出していた。

第二章　憧れの処女教師

1

「あら、また山田くんね」

またも愛華のハンカチで鼻を押さえて、健太は保健室を訪ねていた。

「小谷先生でまた出したのね」

「はい……」

莉沙は白衣姿だった。今日は栗色の髪を垂らしていた。ますます色っぽい。

「私のおっぱいを舐めて、少しは免疫ができたと思ったんだけど、そうじゃないみたいね」

「すいません……」

健太は莉沙の前の丸椅子に座った。

「免疫をつけるために、おっぱいを出してくれたんですかっ」

「それだけじゃないけど、それもあるわね」

なんて素晴らしい保健室の先生なのだろうか。身を差し出して、生徒に女の免疫をつけさせようとしたのだ。

「しかし、また鼻血出すなんて、たまりすぎかしらね」

「小谷先生が、その授業中に、おっぱい出したからです」

「なんですってっ」

「いや、おっぱいって言っても、ブラウスの上のほうでちらっとですけど」

「それでも、小谷先生にしては大胆ね。なにか心境の変化かしら」

「昨日、生徒指導室に呼ばれて、そこでいろいろ話したんです。ブラウスがぱんぱんにならないように、ボタンを三つはずしたらどうかって提案したんです」

「なるほどね。やるわね」

莉沙が健太の胸もとをつんつん突いてくる。

「えっ……」

「だって、小谷先生のおっぱいを見るために、そんな提案したんでしょう」

「いや、心から、小谷先生を思って提案したんです」

「まあ、そうなの」

莉沙がハンカチを取り、ガーゼで乾いた鼻血を拭いてくれる。美貌が近い。ちょっと口を突き出せば、キスできそうだ。

「今、キスできるかもって、思っているでしょう」

「えつ、どうしてわかるんですかっ」

「童貞の考えることなんか、お見通しよ」

「すいません……」

「してもいいわよ」

「えっ……」

「キスしてもいいわよ、健太くん」

ガーゼで鼻血を拭き終わった。

「い、いいんですかっ。彼氏でもないのに、いいんですかっ」

「いいわよ」

「おねがいしますっ。キス、おねがいしますっ、莉沙先生っ」

健太は莉沙とキスできるかも、というだけで、息を荒らげていた。

「そんなに興奮したら、また鼻血出すわよ」

莉沙がうふふと笑う。

「じゃあ、健太くんがしてくれるかな」

と言うと、莉沙が目を閉じた。唇をやや開き気味にする。

えっ。これって、キス顔っ。僕の目の前で、キスしてほしいって、莉沙先生がキス顔を見せているよっ。

しかし、キス顔って、なんて無防備なのだろう。

そして、なんてきれいなのだろう。このままずっと見ていたい。健太はなかなかキスしなかったが、莉沙はじっと待っている。きっと、キス顔をこうして見られることに、慣れているのだろう。

莉沙の唇がやや開いた。はやく、と誘っていた。唇が誘っていた。

健太は顔を寄せていく。口と唇が重なった。

キスだっ。莉沙先生とキスしたぞっ。

莉沙の唇はやわらかかった。それは想像以上だった。

ただ押しつけていると、莉沙のほうがじれたのか、舌を出してきた。健太は口を閉じていて、そこを突かれた。

開くと、ぬらりと莉沙の舌が入ってきた。

健太の舌に莉沙の舌がからんでくる。

ああ、これだっ。これがキスなんだっ。ベロチューというやつか。ああ、これがベロチューだっ。

「うんっ、うっんんっ」

莉沙は甘い吐息を洩らしつつ、ねっとりとからめてくる。莉沙の舌は甘かった。これは唾液の味か。美人というのは、唾液まで魅力的なのか。

莉沙が唇を引いた。そして、目を開いた。

「あっ……」

あまりの美しさに打たれた。

「どうかしら、ファーストキスは」

火の吐息を洩らすように、莉沙が聞いてくる。

「最高です」

「それ以外、語彙はないのかしら」

「すいません……」

莉沙の瞳はじわっと潤んでいた。発情した女の目になっていた。

「ああ、私もはじめてなの」

と、莉沙が言う。

「えっ、うそでしょうっ」

「ばかね。学校の中でキスするのがはじめてってこと……」

莉沙が頬を赤らめる。セクシーな教師が恥じらうと、新鮮な刺激を覚える。

「授業中に生徒とキスって、燃えるのね」

そう言うと、今度は莉沙のほうから唇を押しつけてきた。すぐに、ぬらりと舌を入れて、からめくる。

「うんっ、うっんっ」

今度は受け身だけではなく、健太のほうからも貪るように舌を動かした。

ぴちゃぴちゃと、唾液の音がする。

もう我慢汁が大量に出ている。もしかしたら、キスだけで射精してしまうかもしれない。

莉沙がベロチューしつつ、白衣に手をかけた。ボタンをはずしていく。

唇を引くと、ニットセーターの胸もとが健太の目に飛びこんできた。

そこは愛華に負けないくらい、ぱんぱんに張っている。だが、今日はノーブラではなかった。乳首のぽつぽつがない。

「ブラ、しているわよ。いつもノーブラってわけじゃないのよ」

「そ、そうなんですね……」

「あら、すごくがっかりした顔をしているわね」

「すいません……」

「今日は、昨日の続きよ」

と、莉沙が言う。

「昨日の続きって……えっ、クリっ」

昨日はクリを舐めようとして鼻血を出し、そして愛華が邪魔してきたのだ。

だからおっぱいは舐めていたが、クリは舐めていない。

莉沙が白衣を脱ぎ、立ちあがった。今日はスカートをたくしあげるのではなく、脱ぎはじめる。

いきなり、パンティがあらわれた。今日も白で、フロントがすけすけだった。

ガーターベルトでストッキングを吊っている。

「いつもガーターベルトなんですか」

「だって、すぐにパンティ脱げるでしょう。教師だから、ストッキングは履かないとだめなの。ストッキング履いたまま、すぐにパンティを脱げるようにするには、ガーターベルトがいちばんよ。そもそも、そのためにガーターベルトはあるのよ」

「そうなんですかっ」

莉沙がうふふと笑う。

「なにしているの」

「えっ……」

「脱がせて……私が脱ぐまで待つつもり」

すいません、とすけすけパンティに手をかける。そして、まくっていった。

莉沙の恥部があらわになる。陰りは薄く、おんなの縦溝は剝き出しだ。

その頂点に顔を寄せていく。

2

股間を直撃するような匂いがした。これは、おま×こから出ている匂いだ。割れ目からじわっとにじみ出ているのだ。

またも、大量の我慢汁が出る。すでに暴発させていないのが奇跡のような気がした。

顔を埋め、割れ目の頂点に口を押しつける。肉の芽のようなものがあった。これだっ、とぺろりと舐める。すると、

「はあっんっ」

と、いきなり莉沙が敏感な反応を見せた。

いいぞっ、とぺろぺろとクリトリスを舐めていく。

「あっ、あああ……あぁっ……」

莉沙が腰をくねらせる。気持ちよくて、じっとしていられないようだ。

「吸ってみて、健太くん」

はい、と健太は肉の芽を口に含むと、じゅるっと吸った。

「はあっ、あんっ……いい、クリいいっ」

莉沙の甲高い声が響きわたる。

「声あげすぎですよ、莉沙先生」

「だって、気持ちいいんだもの……ああ、学校のエッチって、すごく興奮するものなのね」

まだエッチはしていない。クリを舐めているだけだ。でも、それだけでも莉沙はか

なり昂っている。

もしや、この流れで……初体験へと……突入かっ。

そのためにも、もっと感じさせないと、とクリ吸いに力が入る。

「ああっ、いいわっ。上手よっ。ああ、クリ吸い、上手よ、健太くんっ」

莉沙が股間をがくがくと震わせる。

おんなの匂いが濃くなってきている。割れ目からじわっとにじみ出ているのだ。割れ目を開いたら、どうなるのだろうか。

おま×この匂いを嗅いだ瞬間、暴発しそうな気がする。

「ああ、いいわよ……」

と、莉沙が言う。

「えっ……」

「おま×こ、見たいでしょう。先生のおま×こ、見たいでしょう」

「み、見たいですっ。いいんですねっ」

「ああ、気持ちよくしてくれたご褒美よ」

と、莉沙が言うが、莉沙自身がおま×こを生徒に見せたがっているのだ。おま×こを見せたら、もっと興奮するはずだと思っているのだ。

健太は莉沙の割れ目に指を添えた。指が震えている。

「開きます」

と言うと、くつろげていく。

健太の前で、花が咲いた。それは可憐《かれん》な花びらではなく、牡《おす》を誘う淫らな花だった。

すでにどろどろに濡れて、肉の襞《ひだ》が、入れて、と言うかのように収縮している。

実際、じっと見ていると、指を、いや、ち×ぽを入れたくなってくる。

「ああ、どうかしら」

「きれいです……というか、なんか……」

「なんか、なにかしら」

莉沙の声が甘くかすれている。

「エロいです。こんなエロいものを隠し持って、学校にいるんですね。いけませんよ、莉沙先生」

「いけないかしら」

「いけないですよ。しかもなんかすごくエロい匂いがしているんです。くらくらします」

「仕方がないわ、出るんですもの」

淫らな花びらも、仕方がない、と言うように蠢《うごめ》いている。

「どうしたいかしら」

「えっ……」

「先生のおま×こ、見ているだけでいいのかしら」

「舐めたいですっ。いや、その前に、じかに匂い、嗅ぎたいですっ」

「いいわ、好きにして……」

はいっ、と健太は莉沙の股間に顔面を押しつけた。鼻がぬちゃっと入っていく。と同時に、強烈なおま×この匂いに襲われる。

健太はぎりぎり暴発に耐え、ぐりぐりと莉沙のおんなの粘膜に鼻をこすりつける。

「あっ、あんっ……ああ、エッチね……あああ、それ、エッチだわ」

莉沙の声がうわずっている。あらたな愛液がどんどん出てくる。健太の鼻がびちょびちょになる。

健太は息づきをするように顔をあげた。真っ赤に燃えた肉の襞が、舐めて、と訴えている。

健太はすぐに顔を埋め、今度は舌を出すと、おんなの粘膜をぞろりと舐めた。

「ああっ、それ、いいっ」

莉沙が腰をがくがくと震わせる。

健太はぞろりぞろりと莉沙のおま×こを舐めていく。なにより、莉沙の敏感な反応に興奮していた。

これぞエッチなのだ、と思う。オナニーとは違うのだ。女性の反応が男を喜ばせるのだ。

「ああ、おま×こ舐めながら……ああ、クリ、いじって……」

なるほど。そうだ。手が空いているのだ。健太は肉の襞を舐めつつ、右手でクリトリスを摘まむ。それだけで莉沙の股間が動き、おま×こがきゅきゅっと締まる。

健太はクリトリスをこりこりところがす。

「はあっ、あんっ、いいわ……ああ、やっぱり男の人っていいわっ……ああ、学校っていいわっ」

莉沙はかなり盛りあがっている。このまま行けば、エッチまでできるかもしれない。なんせ、保健室にはベッドがあるのだ。

「あぁっ、クリ、強くひねってっ」

強烈な刺激が欲しいようだ。健太は言われるまま、ぎゅっと肉の芽をひねっていった。

「ああっ、い、イク……」

短く叫ぶと、莉沙が下半身だけまる出しの身体を痙攣《けいれん》させた。おま×こも痙攣して、健太の舌を強く締めあげてきた。

ああ、イカせたぞっ。莉沙先生をこの僕がイカせたぞっ。

健太は心の中でガッツポーズを作っていた。女の人をイカせるって、こんなに達成感があるとは思わなかった。

「ああ、気持ちよかったわ。久しぶりに、おま×ことクリを舐められて、感じちゃったわ」

はあはあ荒い息を吐きつつ、莉沙がしゃがんできた。

ちゅっとキスしてくる。感謝されるのはうれしかったが、健太のテクではなく、久しぶりだから、イッたようだ。まあ、そうだろう。

「今度は先生がしてあげる」

立って、と言われて、健太は立つ。すると、学生ズボンの股間が莉沙の目の前に迫る。

莉沙が学生ズボン越しに、健太の股間に触れてきた。

「あっ……」

たったそれだけでも、健太は声をあげて、腰をくねらせてしまう。

莉沙が学生ズボンとブリーフ越しに、ぎゅっとつかんできた。

「あ、ああっ」

気持ちよかった。こんな刺激でも気持ちいいのだ。じかにつかまれたら……いや、咥《くわ》えられたら……どうなってしまうのか。

「敏感ね」

「は、はい……気持ちいいです」

「まだ、なにもしていないわよ」

うふふと笑い、学生ズボンのベルトに手をかけてくる。それだけでも興奮する。自分の手ではなく、女性の手で脱がされようとしているのだ。しかも、相手は保健室の美人先生だ。

ベルトをはずされ、フロントのファスナーを下げられる。そして、学生ズボンを脱がされた。ブリーフがあらわれる。そこはもっこりとしていた。

「あら、すごい沁み」

ブリーフはグレーだった。我慢汁の沁みがまともにわかる。

「すいません……」

莉沙がブリーフを下げた。はじけるようにペニスがあらわれた。

「あら、すごいのね」

反り返ったペニスを見て、莉沙が感嘆の声をあげる。

「たくましいおち×ぽだわ。意外ね。こんないいものを隠し持っていたのね。うれしいわ」

そう言って、莉沙が反り返りの下から指先でなぞりあげてくる。裏スジを撫《な》でられ、あっ、と声をあげる。

僕のち×ぽはすごいのか。知らなかった。まあ、大人の女性に勃起したペニスを見せるのは、はじめてだから、すごいのかどうかわからない。

莉沙が裏スジを集中的に撫でてくる。

「あっ、ああ……」

あらたな我慢汁が出てくる。

すると莉沙が美貌を寄せてきた。舌を出すなり、我慢汁をぺろりと舐めてくる。我慢汁は鎌首にある。我慢汁を舐めるということは、鎌首を舐めるということだった。

「ああ、あんっ」

あまりに気持ちよくて、女の子のような声をあげてしまう。

「健太くんって、感じやすいのね」

と、莉沙が言う。男にも感じやすい感じにくい、というのがあるのだろうか。

我慢汁を舐め取ると、莉沙は裏スジにちゅっとキスしてきた。そして舌を出し、ぺろぺろと舐めてくる。

「ああっ、そこ……いいですっ」

やっぱり自分の手で触るのと、女性に舐められるのとでは、まったく違う。違いすぎる。

莉沙が唇を大きく開いた。

3

ぱくっと鎌首を咥えてきた。

健太の鎌首が莉沙の口の粘膜に包まれる。そして、じゅるっと吸われる。

「ああっ」

鎌首がとろけそうな快感に、健太は腰をくねらせる。莉沙は鎌首だけを吸ってくる。

気持ちよすぎて、腰のうねりが止まらない。

莉沙が唇を引きあげた。鎌首だけ唾液まみれになっているペニスがぴくぴくと動く。

「ああ、気持ちいいです、莉沙先生」

「これからよ」

と言うと、ふたたび鎌首を咥えてくる。今度はくびれで止まらず、胴体も咥えると、そのまま一気に根元まで呑みこんでくる。

「あ、ああっ、ああっ」

ペニスがすべて、莉沙の口に包まれた。

根元まで咥えた状態で、莉沙がペニスを吸ってくる。

「ああっ」

吸い取られるような快感に、健太は声をあげる。

すると、莉沙が唇を引きあげ、妖しく潤ませた瞳で見あげた。

「そんな大きな声あげたら、外に洩れるわ。今、授業中よ」

授業中よ、と言ったとき、莉沙の目が光った。生徒のち×ぽ、授業中。このふたつに莉沙は昂っているのだ。

莉沙だけではない。健太自身も、女教師のフェラ、授業中、というふたつに興奮しているのだ。まあ、健太の場合は女性のフェラというだけで、充分興奮しまくりだったが。

「うんっ、うっんっ」

莉沙が咥えた美貌を上下させはじめる。それにつれ、ニットセーターの胸もとが揺れる。ノーブラではなかったが、それでも揺れる。

しかも、下半身をまる出しだった。上はニットセーターを着つつの、下半身まる出しスタイルは強烈すぎる。しかも、ここは保健室の中なのだ。

ち×ぽへのじかへの刺激に視覚的な刺激が加わり、はやくも健太は出しそうになっていた。すると、莉沙が唇を引きあげた。

「まだ、だめよ」

と言う。

「えっ、わかるんですかっ」

「わかるわよ。童貞くんのおち×ぽの動きなんて、すぐにわかるわ」

「そうなんですか……」

「ああ、すぐにまた、しゃぶりたくなっちゃう」

と言うなり、莉沙はまた咥えてくる。根元まで呑みこみ、頬をへこめつつ、美貌を上下させる。

「あ、ああっ、あああっ」

もうだめだ。いつ暴発してもおかしくない。

「先生っ、莉沙先生っ」

名を呼ぶが、今度は唇を引いたりしない。むしろ、美貌の上下が激しくなる。これは出してもいい、ということなのか。きっとそうだ。

莉沙の口に出すのは申し訳ないが、こんな機会、二度とないかもしれないのだ。

口内発射というものを、莉沙相手に経験したかった。

「うんっ、うっんっ、うんっ」

莉沙はペニスを吸いつづける。

「ああ、出ますっ。ああ、我慢できませんっ」

莉沙が咥えたまま、健太を見あげている。その目は、出していいわよ、と告げていた。そう見えた。

「ああっ、出るっ」

おうおうっ、と雄叫《おたけ》びをあげて、健太は射精させた。どくどく、どくと噴射する。

ティッシュのことを考えずに出したのは、はじめてだった。もちろん、女性の穴に出したのもはじめてだ。

噴射はなかなか止まらない。

「う、うぐ、うう……」

莉沙は最初美貌をしかめたが、すぐにうっとりとした表情になり、止まらないザーメンを喉で受け止めてくれている。

なんて素晴らしい先生なのだろう。これぞ、保健室の先生の鑑だと思った。

ようやく、脈動が鎮まった。申し訳ない、とペニスを抜こうとすると、莉沙が健太の腰を抱いて、動きを封じる。

口で大量のザーメンを受けたまま、萎えつつあるペニスを吸ってくる。

「ああっ、それっ」

これって、くすぐった気持ちいい、というやつかっ。

しかも、まだザーメンは口の中に残っているのだ。

「うっんっ、うんっ」

莉沙が強く吸ってくる。

「ああっ、ああっ、ち×ぽがとろけますっ」

腰をくなくなさせていると、ようやく莉沙が唇を引いた。鎌首の形に開いたままの唇から、どろりとザーメンが出てくる。それを莉沙が手のひらで受け止める。

「ティッシュ、どこですか」

保健室の中を、あわてて見まわす。

莉沙が唇を閉じて、健太の腰を軽くたたいてきた。こっちを見て、という合図だ。なにせ、莉沙の口の中には大量のザーメンがたまっていて、しゃべることができないのだ。

健太が見下ろすと、莉沙があごをあげた。そして、ごくんと喉を動かしたのだ。

「えっ、先生っ」

莉沙はもう一度、ごくんと喉を動かした。大量すぎて、一度では飲みこめなかったようだ。

「飲んだんですかっ」

と問う健太の前で、莉沙が唇を開いてみせる。ザーメンまみれだったはずの口の中は、きれいなピンク色となっていた。

「ああ、莉沙先生っ、僕なんかの汚いザーメンを、ああ、たまりにたまった童貞ザーメンを飲んでくれたんですねっ」

「おいしかったわよ、健太くん」

健太を見あげたまま、莉沙がそう言う。

莉沙が天使に見えた。女神に見えた。

「ありがとうございますっ、ああ、一生忘れませんっ」

目の前が霞《かす》んできた。涙が出ているのだ。ぼろぼろ出てくる。

「あら、かわいいのね。ごっくんされただけで、泣いているの」

莉沙が立ちあがった。そして、頬を伝う涙を舐めてくる。

それにまた感激して、あらたな涙を流す。

「かわいいのね。食べたくなったわ」

そう言うと、莉沙がキスしてきた。ぬらりと舌を入れつつ、ペニスをつかみ、しごきはじめる。

「う、ううっ……」

どろりと唾液を流され、今度は健太がごくんと飲む。おいしかった。喉がからからになっていることを、莉沙の唾液を飲んで気づく。

ねちゃねちゃと舌をからめていると、股間にあらたな劣情の血が集まってくる。なにせ、ずっとたまっているのだ。一発、莉沙の口に出したくらいでは、出し足りない。

「あっ、すごいわ。もうこんなになっているっ」

莉沙が驚きの声をあげる。健太のペニスは、はやくも勃起を取りもどしていた。

「ああ、欲しくなったわ。お口以外のところに」

そう言うと、莉沙がニットセーターに手をかけ、たくしあげていった。ブラに包まれたバストがあらわれる。両手を背中にまわすと、ブラのホックをはずした。

豊満なふくらみに押されるように、ブラカップがまくれ、乳房があらわれた。

莉沙はガーターベルトとストッキングだけになると、白いカーテンを開いた。

そこにはベッドがあった。

4

ベッドを見ただけで、ドキンとなり、ペニスがさらに反り返った。

「いらっしゃい」

と言って、莉沙がベッドにあがる。

「ああ、莉沙先生っ」

健太も制服の上着を脱ぎ、シャツのボタンをはずしていく。だが、緊張が勝って、うまくはずせない。視線は、ずっと莉沙の裸体に釘《くぎ》づけだ。

「そんなにあせらなくても、逃げないわよ」

「でも、はやくしないと」

健太はあせる。どうにかボタンをはずすと、シャツを脱ぎ、Tシャツも脱ぎ捨て、ベッドに向かった。

ベッドにあがるなり、

「莉沙先生っ」

と、名前で呼びながら、抱きついていった。そのまま、押し倒していく。

「あんっ……」

仰向けに倒され、莉沙の乳房が重たげに揺れる。

健太は莉沙の両足をつかむと、ぐっと開き、間に股間を入れていく。そして、びんびんのペニスの先端を、莉沙の入口に向けていく。

「入れますっ」

と宣言して、鎌首を割れ目に当て、そして腰を突き出す。

だが的をはずし、入らない。何度か突いたが、うまく入らず、あせりが出てくると、それがペニスに伝わり、萎えはじめる。

まずいっ、とさらに割れ目に押しつけるが、ふにゃっとなり、入れるどころではなくなった。

「あせっちゃだめよ。そもそも、ベッドにあがって即インはないんじゃないかしら、健太くん」

莉沙が上体を起こし、ぴんと健太の鼻を指ではじいた。

「すいません……なんか、すぐに入れないと、莉沙先生のおま×こが逃げるような気がして」

「逃げないわよ」

莉沙が美貌を寄せて、唇を押しつけてきた。ぬらりと舌を入れつつ、ペニスをつかみ、さすりはじめる。

ぴちゃぴちゃと舌をからめているとふたたび、ぐぐっとたくましくなる。

さすが莉沙だと思った。これが童貞と処女だったら、萎えてお終いだったかもしれない。

唇を引くと、莉沙が健太の股間に美貌を埋めてきた。根元まで咥えると、強く吸ってくる。

「ああ、莉沙先生……」

健太は手を伸ばし、莉沙のたわわなふくらみを掬《すく》うようにつかむ。しゃぶられながら、揉んでいると、さらに股間に劣情の血が漲《みなぎ》ってくる。

「う、うう……」

莉沙がうめき、唇を引きあげた。莉沙の目の前で、ペニスがひくつく。

「たくましくなったわ。若いっていいわね。緊張して小さくなっても、すぐに大きくなるから」

莉沙が反り返ったペニスをうっとりと見つめる。そして、仰向けになった。

「来て。入れて。しゃぶっているうちに、すごく欲しくなってきたわ」

健太は莉沙の両足をつかむと、あらためて開き、腰を間に入れていく。

莉沙が両手を股間に伸ばした。そして割れ目に指を添えると、自らぐっとくつろげてみせた。

「あっ、おま×こっ」

健太の目の前に開帳され、思わず見たままを声にする。

莉沙の媚肉はどろどろの愛液であふれ、肉の襞ははやく入れてと誘っていた。莉沙は身体全体で、健太のペニスを求めていた。

「さあ、ここに」

的がはっきりしている。しかも、誘っている。

健太はそこに向けて、鎌首を突きつけていく。

先端がおんなの粘膜に触れた。

そのまま腰を突き出すと、ずぶりとめりこんでいった。

「ああっ」

「おうっ」

莉沙の肉悦の声と健太の雄叫びが重なる。

健太はずぶずぶとペニスを入れていく。この、おんなの穴に入れていく感覚が最高なのだ。ち×ぽって、おんなの穴に入れるために存在するのだと実感する。

先端から胴体の半ばまでおんなの粘膜に包まれる。莉沙の媚肉は燃えるようだ。

「もっと奥まで、ちょうだい」

と、莉沙が言う。こちらを見あげる目を見て、ドキンとなる。莉沙の目はさらに妖しく絖《ぬめ》り、さらに色気に磨きがかかっていた。

健太はぐぐっと鎌首を進めていく。

「あうっ、うんっ……」

莉沙の上体が反る。莉沙は両腕を頭の横に投げ出している。剝き出しの腋の下が汗ばんでいた。

完全に、莉沙の穴をち×ぽで塞いだ。

男になったぞっ。童貞を卒業したぞっ、と心の中でガッツポーズを作る。

「今、童貞卒業したと思ったでしょう」

と、莉沙が言う。

「どうしてわかるんですかっ」

「だから、童貞ボーイの考えることなんか、お見通しなの」

「もう、童貞じゃないですよ。今、莉沙先生のおま×こに、僕のち×ぽ、完全に入っています」

「これだから、童貞ボーイはだめなのよ」

「えっ」

「ただち×ぽをおま×こに入れて、卒業できるわけがないでしょう。そのち×ぽで、イカせてはじめて卒業なのよ」

「イカせて、卒業ですか」

「当たり前でしょう。きちんとイカせたら、私が卒業証書をあげるわ」

「おねがいしますっ」

健太は莉沙をイカせるべく、腰を動かしはじめる。

だがすぐに、媚肉でち×ぽをこする気持ちよさに、健太のほうが参ってしまう。突きの動きが鈍る。

「そんなんじゃ、まったくだめよ、健太くん」

と、莉沙が美しい黒目で、にらみあげている。

「すいませんっ」

健太は強烈な締めつけに耐えつつ、力強く莉沙を突いていく。だが、動きが単調になっている。ただ突いているだけだ。

莉沙の反応もよくない。だが、おま×この締めつけは極上で、気を抜くと暴発しそうになる。さっき、一発出しておいてよかった、と思う。これが一発目だったら、挿入即発射だった。

しかし、おま×ことというのは、なんて気持ちいいのだろう。フェラも気持ちよかったが、やっぱりおま×こが数段格上だ。

「ああ、だめね」

と言いつつ、莉沙が上体を起こしてくる。そして正常位でつながったまま、健太を押し倒してきた。簡易ベッドがみしっと軋《きし》む。

ベッドは狭く、健太の頭がベッドから飛び出そうになる。

莉沙は女上位のかたちになると、腰をうねらせはじめた。

「あっ、ああ、これよ、いいわ」

健太の股間で、のの字を描いている。

「ああっ、だめですっ、そんなに動かしたらっ、だめです」

「我慢しなさいっ。今、出したら、童貞のままよ。卒業は認めないわ」

「そんなっ……」

健太は泣きそうになる。先端からつけ根までぴたっと肉襞が吸いついている。吸いついたまま、締めてくる。

「あっ、ああ、いいわ」

莉沙はうっとりとした顔で、腰をうねらせている。

「ああ、もうすぐ授業が終わりそうね。時間ないわ。これから、ちょっと刺激を強くするから、覚悟しなさいっ」

「えっ、覚悟って……」

莉沙が腰を上下に動かしはじめた。

おま×こがペニスを吐き出し、すぐに呑みこみ、吐き出し、呑みこむ。ペニスが全部包まれ、引きあげられ、包まれる。

「ああっ、いいわっ、いいわよっ」

莉沙が上体を倒してきた。健太の胸板に両手を置くと、腰から下だけを激しく上下させる。

「ああっ、ああっ、イキそうよっ」

「出ますっ、ああ、ち×ぽがっ、ああ、出ます」

「あと少しよっ、ああ、我慢して、あと少しで卒業よっ」

健太は歯を食いしばって耐える。エッチは快感だけではなかった。耐えることもエッチなのだ。

「ああ、ああ、イキそうよっ」

もう少しだっ、と思ったとき、チャイムが鳴った。

と同時に、保健室のドアがノックされ、

「小谷ですっ」

と、愛華の声がした。その声を聞いた瞬間、健太は射精していた。

「あっ、うそ……」

莉沙はイケなかったようだ。イク寸前の子宮に、健太は大量のザーメンをぶちまけていく。

「花村先生っ、山田くんっ」

愛華の声が近づく。

「あっ、なにっ」

脱ぎ捨てた服を見つけたようだ。はやく莉沙と離れなければ、と思うのだが、まだ脈動が続いていた。莉沙は上体を倒し、健太に抱きついている。たわわな乳房がぐりぐりと胸板に押しつけられている。

「山田くんっ」

愛華の声が迫る。そして、カーテンを引かれた。

「あっ、うそっ」

愛華の驚く顔を見ながら、健太はまだ莉沙の中に出しつづけた。

5

「なにしているのっ。離れなさいっ。花村先生っ、離れてくださいっ」

愛華が抱きついたままの莉沙の裸体に手を伸ばすが、触っていいのかどうかためらっている。

そんななか、ようやく脈動が鎮まった。

「イケなかったわ。卒業証書はあげられないわね」

と、莉沙が言い、上体を起こす。

「なにを……うそ……」

養護教諭と生徒がつながっているところをまともに目にして、愛華が絶望の表情を浮かべる。

愛華が見ている前で、健太のペニスが抜けていく。大量のザーメンが莉沙の穴からどろりと出てくる。

それを目にした愛華が、いやっ、と顔を両手で覆い、横を向く。

「あら、ザーメン、はじめて見たのかしら、小谷先生」

生徒と保健室のベッドでエッチしていた姿を見られてしまったのに、莉沙は余裕だ。愛華をからかっている。

「はじめて、です……」

「あら、もしかして、というか、やっぱり、処女？」

愛華は美貌をそらしたまま、小さくうなずく。

「山田くん、はやく、ぺ、ペニスを……しまいなさい」

と、愛華が言う。すると、莉沙が健太の腰をつかみ、唇を動かす。おち×ぽ、と動いていた。

「ペニスって、なんですか」

莉沙の意図を察して、健太はそう聞いていた。

「えっ、ぺ、ペニスって、ペニスよ……」

愛華は美貌を真っ赤にさせている。

「よくわかりません」

「そんな……お、おち……」

美貌を両手で覆ったまま、愛華が言い淀《よど》む。

「わかりません」

「お、おち×ぽよ……おち×ぽ、しまって……」

愛華の口から、おち×ぽ、という言葉を聞いた瞬間、健太のペニスがぐぐっと力を帯びた。それを見た莉沙が、

「あらっ、すごいわっ」

と、大声をあげる。

「見て、小谷先生っ。あなたの、おち×ぽって声で大きくなったわ」

莉沙に言われ、愛華がちらりと健太の股間を見る。瞬く間に大きくなったペニスを

見て、いやっ、と今度は背中を向けてしまう。

「はやく、服を着て……はやくしなさい」

はい、と健太はベッドを降りると、裸のまま服を取りに行く。脱ぎ捨てた服は、愛華のまわりに落ちている。

健太は愛華に復活させたペニスを見せつけるように、裸のまま目の前に立つ。

「いやっ」

愛華が背中を向ける。

すると、莉沙もベッドを降りてきた。たわわな乳房を揺らしてこちらに来る。

剝き出しの割れ目はまだ鎌首の形に開いていて、そこから、どろりとザーメンがあふれている。それを目にした愛華が、

「いやっ」

と、また健太のほうを見る。すると教え子の勃起したペニスが目に入り、いやっ、と別方向を見る。

「小谷先生の教え子の山田くん、私の舐めダルマにするから」

莉沙が愛華に向かって、そう言う。

「な、舐め……ダルマ……」

「ムラムラしているとき、保健室に呼び出して、クリとおま×こを舐めてもらうの」

「な、なにをおっしゃっているんですかっ。そんなこと、させませんっ」

と、愛華が言う。

「舐めさせるだけじゃないわよ。こうして、性欲の処理もさせてあげるから。この年頃はいちばん、ザーメンがたまる頃なの。たまりすぎたら、勉強にも悪影響が出るの。適度に出してあげるのが、教師の務めよ」

「な、なにをおっしゃっているのか……わかりませんっ」

「あなたは処女だからねえ。教師としては半人前ね」

「そんなことありませんっ。生徒とエッチするなんて、教師のやることではありませんっ」

「どうかしらね」

健太は莉沙と愛華のやり取りを見ながら、ずっと勃起させていた。

裸の莉沙がいるのに、恥じらう愛華に興奮していた。

「とにかく、山田くんを、舐め……ダルマにするのはだめですっ」

美貌から手を離して、愛華が莉沙に向かって、きっぱりとそう言った。

6

放課後、健太はまた第三校舎四階の生徒指導室にいた。

五時間目の休み時間に愛華が教室に姿を見せて健太を呼ぶと、放課後、生徒指導室に来るように、と言われたのだ。

「山田、おまえ、二日連続、呼び出しかよ」

「なんかやったのか」

「でも、愛華先生とふたりきりなんて、いいじゃん」

クラスの男子たちが、呼び出されている健太をうらやましそうに見た。

ドアがノックされた。それだけで、健太は一気に勃起させる。

はい、と返事をすると、ドアが開き、愛華が入ってくる。それだけで、甘い匂いが漂ってくる。

昨日より、匂いが濃くなっている気がした。

机を挟んで、愛華が座る。今日も、ジャケットのボタンは上まで留められていた。

ちょっとでも、健太にブラウスの胸もとを見せないつもりだ。

健太はまっすぐ愛華を見つめていたが、愛華は机を見ている。呼び出した、教師の愛華のほうが気圧《けお》されていた。

「あの……その……花村先生と……その……エッチしたことは……忘れます」

「ありがとうございます」

「生徒が教師となんて、いけないことよ。わかっているでしょう」

そう言って、愛華が健太を見た。健太もじっと見つめると、愛華のほうが視線をそらした。

莉沙は童貞卒業の免除はくれなかったが、やはり莉沙相手にエッチをして、男として自信のようなものができていた。これまでなら、健太のほうが視線をそらしてしまうのに、今は、じっと見つめられている。

「わかっているでしょう、山田くん」

「はい。わかっています」

「もう二度としないって、約束して」

「それは……」

「約束できないって言うのかしら」

「花村先生に、舐めダルマとして呼び出しがかかったら、断りきれません」

「な、舐めダルマ……やってはだめっ」

「でも、花村先生は、あの……性欲の処理もしてくれるんです。花村先生が言ったとおり、僕らの年頃はとにかく、たまるんです」

「それって、つらいのかしら」

「鼻血を出したのも、たまっていたからです。花村先生が自らの身体を犠牲にして、僕の性欲処理をしてくださって、鼻血は出なくなりました」

「犠牲に、して……」

「花村先生は、思春期の男の性《さが》をわかっていらっしゃいます」

「私は教師として半人前だと、山田くんも思うのかしら」

やっぱり莉沙から、教師として半人前と言われたことが気になっているようだ。

「小谷先生は半人前なんかじゃありません。とてもりっぱな教師だと思います。僕、尊敬しています」

「あ、ありがとう……うれしいわ……」

「ただ……」

「ただ、なにかしら」

「ただ……」

「性欲の処理のことね……あ、あの、私がしてあげると言ったら、舐めダルマはやらないかしら」

「えっ……」

今、愛華先生、なんて言ったんだっ。

「私がしてあげるなら……舐めダルマはやらないかしら」

健太の聞き間違いではなかった。

愛華先生が莉沙先生に代わって、ザーメンを抜いてくれるというのかっ。

「そ、その、してあげるというのは……あの、具体的にはどういうことですか」

「エッチはだめよ……教師と生徒がそういう関係になるのはいけないの……でも、それ以外なら……」

「それ以外と言いますと」

「それ以外よ……」

愛華は真っ赤になっている。

「花村先生は、あの、処女って、おっしゃいましたよね」

「ええ……」

と、愛華はうなずく。

「フェラの経験はあるんですか」

「ないわ……男性の……その、性器を舐めたことはないわ」

「性器……ち×ぽのことですよね」

「そ、そうね……」

「じゃあ、どうやって性欲の処理をしてくださるんですか。花村先生はエッチまでさせてくれるんです」

「手で……いいかしら……」

か細い声で、愛華が言う。

「手、ですか……」

「い、いや……その……お、お口で……してあげるから」

愛華先生がフェラしてくれるっ。

健太は心の中でガッツポーズを作る。フェラしてくれるとなると、一秒でもはやく、してもらいたくなる。

「あの、今、いいですか」

「えっ……」

「今、フェラしてもらっていいですか」

「今日は、保健室でしたでしょう」

「だから、処女教師は半人前なんだ」

健太は強く出た。

「ごめんなさい……」

愛華が謝る。やはり、半人前がこたえている。

「保健室で出したのは午前中でしょう。もう放課後ですよ。その間にどんどんたまってくるんです」

「そうなのね。ごめんなさい……女性として経験がないと……やっぱり、思春期の男性の身体のことまでわからないかもしれないわ……」

「これから、経験を積めばいいだけなんじゃないですか」

「これから……」

「まずは、フェラしてみましょう、小谷先生」

我ながら、うまく誘導できている。

「できるかしら……」

「できなかったら、花村先生の舐めダルマになります」

「それはだめっ」

愛華が叫ぶ。

「舐めダルマはだめっ。絶対、エッチになるし、どれだけ出すかわからないわ。必ず、山田くんは花村先生の身体に溺れて、めちゃくちゃになってしまうわ。そんなこと、担任の私がさせませんっ」

そう言うと、愛華は立ちあがった。そして、

「おち×ぽ、出してっ」

と言った。

7

「い、いいんですか」

「いいわっ。半人前の教師なんて、言わせないわっ」

愛華先生がやる気になっている。その気が削がれる前に、行動に移さないと。

健太も立ちあがった。そして学生ズボンのベルトをゆるめ、フロントのファスナーを下げていく。ブリーフがあらわれる。そこはずっともっこりしている。

学生ズボンといっしょに、ブリーフを下げた。

「あっ……」

はじけるようにペニスがあらわれ、愛華が視線をそらす。

さっきまでの勢いは失われ、いやや、と美貌をそむけている。

「どうしたんですか、小谷先生」

「最初から大きいのね……ああ、いつから大きくさせていたのかしら」

ちらちらとこちらを見ながら、愛華が聞く。

「小谷先生が入ってきてすぐですよ」

「えっ……私を見て、すぐに大きくさせたの」

「そうですよ」

「だって、私、服を着ているのよ。ジャケットのボタンも留めているし、胸も見えていないわ。それで、大きくなるの」

「なります。小谷先生の存在自体に勃起するんです」

「そんな……うそです……それじゃあ、教壇に立てないわ」

「だから、先生のお口で抜くんですよ。勃起させた罰です」

「ああ……私の存在が……勃起の対象だなんて……花村先生ならわかるわ、セクシーだから。でも私なんて、つまらないでしょう」

「いいえ。みんな勃起させて小谷先生の授業を受けていますよ」

これは大げさだったが、でも、ジャケットを脱いでブラウスの胸もとを見せたときは、みんな昂っていたはずだ。

「ああ、ほら、見てください。小谷先生と話しているだけで我慢汁が出てきました」

「えっ、うそ……」

と言いつつ、愛華が健太の股間に目を向け、しっかりと見る。

鈴口からじわっと我慢汁が出ていた。

「こ、これは私と話して、出したものなの」

「そうですよ」

「エッチな姿を見て、出すものじゃないの」

「だから、小谷先生はそのままでエッチなんですよ」

「そんな……」

絶望の表情を浮かべ、そして健太の足下にしゃがみこんできた。

教え子の鎌首と対峙《たいじ》する。

愛華の品のいい美貌が迫ると、あらたな我慢汁が出る。

「あっ、また出てきた」

と言うなり、愛華がピンクの舌を出して、ぺろりと舐めてきた。

「あっ、先生っ」

憧れの処女教師にさきっぽを舐められ、それだけで、健太は腰をくねらせる。

一度舐めたら落ち着いたのか、愛華はそのままぺろぺろと我慢汁を舐め取ってくる。

鎌首に愛華の舌が這《は》うだけで、健太は興奮する。

舐め取るそばから、あらたな我慢汁が出てくる。

「あっ、また出てきた」

愛華がていねいに舐め取っている。教え子に刺激を与えるために、舐めているのではなく、きれいにするために舐めている。理由はどうであろうと、やることは同じだ。

「ああ、先生、ここも舐めてください」

健太は裏スジを指さす。愛華は素直に従い、裏のスジに舌腹を押しつけてくる。

「ああっ、先生っ」

莉沙より拙いが、莉沙のときより数倍感じていた。

フェラはテクではないのだ。誰に舐めてもらうかで、感度が違ってくることを身をもって知る。

「あら、また出てきた」

裏スジを舐めていると、あらたな我慢汁が出てくる。

「きりがないわね」

そう言うと、愛華が唇を開き、ぱくっと先端を咥えてきた。

「あっ」

鎌首が愛華の口の粘膜に包まれ、健太は多幸感に包まれる。気持ちよくて、ずっと腰をくねらせている。

愛華はしばらく鎌首だけを咥えていたが、そのまま唇を下げはじめる。

健太のペニスが、愛華の口にどんどん吸いこまれていく。

「ああ、先生っ」

愛華は苦しそうにうめきつつも、根元まで咥えこんできた。そして、どうしたらいいの、という目で見あげてきた。

いつも真摯《しんし》で、透きとおっている愛華の目が妖しく潤んでいるのを見て、健太はひとまわりペニスを太くさせた。

「うぐ……うう……」

愛華が見あげたまま、眉間に深い縦皺《たてじわ》を刻ませる。

「吸って、先生」

と、健太が言うと、愛華は言われるまま、吸いはじめる。

愛華の頬がへこみ、ペニス全体が吸いこまれそうになる。愛華は鎌首まで唇を引きあげて、問うように見あげる。その眼差しにぞくぞくする。

「また、咥えて」

と言うと、頬をへこめたまま、根元まで咥えてくる。

吸って、咥えて、と言うと、愛華は言われるまま、美貌を上下させる。コツがわかってきたのか、うんうん、と悩ましい吐息まで洩らしながら、健太のペニスをひたすら吸ってくる。

そうなると、はやくも出しそうになる。なにせ、しゃぶっているのが憧れの愛華なのだ。午前中、莉沙相手にエッチしていなかったら、もうとっくに暴発させていた。

「ちょっと休みましょうか」

と、健太が言う。愛華は美貌を上下させつつ、私は大丈夫、という目で見あげる。違うのだ。大丈夫じゃないのは、生徒のほうなのだ。やはり、莉沙が言っていたようだ、処女教師は生徒のことがわかっていない。

「ああ、休みましょう、先生っ」

ううん、と愛華は咥えたまま、首を振る。気を使わなくていいのよ、という顔をしている。

「あっ、だめっ、出るっ」

と叫んだ瞬間、愛華の口の中で爆発した。どくどくっ、と勢いよくザーメンが噴き出す。

「う、ううっ、うぐぐっ」

愛華は目をまるくさせていた。信じられない、といった顔をしている。

偉いのは、それでも顔を引かないことだ。教え子のザーメンを喉で受けつづけている。

「おう、おうっ」

健太は雄叫びをあげていた。愛華の口に出す快感はこのうえなかった。出したザーメンがティッシュではなく、どんどん愛華の中に吸いこまれていくのだ。おま×こではないのが残念だったが、口でも充分だった。

なかなか脈動が鎮まらない。だが、愛華はずっと生徒の脈動を受けつづけていた。

驚愕の表情も今は、いつもの表情に戻っている。教壇に立っているときの顔で、教え子のザーメンを受けつづけている。

「ああ、愛華先生」

思わず名前で呼ぶ。生徒の劣情の飛沫《しぶき》を、いやがらずに受け止める愛華は教師の鏡だった。

ようやく脈動が鎮まった。だが、愛華はすぐに唇を引いたりしない。そのままでいる。ザーメンをすぐさま吐き出したりもしない。

それをいいことに、健太はペニスを愛華の口に入れたままでいる。ザーメンが喉にたまっているのだ。まずいだろう。でも、愛華はいやがらない。

「ああ、先生……ああ、先生、まずくないですか」

健太が聞くと、愛華はペニスを咥えたまま、小さくかぶりを振る。見あげる目は、おいしい、と言っているようにさえ見えた。

「愛華先生っ、好きですっ、大好きですっ」

健太はザーメンを口にぶちまけた状態で、憧れの女教師に告白していた。

そして、ペニスを抜いた。ティッシュはなく、脱いだズボンのポケットからハンカチを出そうとする。すると、愛華がぽんぽんと健太の太腿をたたいた。

愛華を見ると、あごを反らし、ごくんとザーメンを飲んでみせた。

「あっ……飲んだんですかっ、愛華先生っ」

健太は感激で涙をにじませていた。その場にしゃがむと、愛華を抱きしめていた。

「おいしかったわ、健太くん」

耳もとで、愛華が名前で呼んでくれた。

「本当ですかっ」

「本当よ。健太くんのだから、おいしいのかもしれないわ」

「ああ、愛華先生っ」

健太は思わず、愛華にキスしていった。愛華は教え子の口を、やわらかな唇で受け止めてくれた。

舌を入れようとすると、唇を開いてくれる。ぬらりと舌を入れて、からめる。

ああっ、これが愛華先生の舌だっ。唾液だっ。なんて甘いんだろう。キスしているだけで、身体がとろけていくぞっ。

「うんっ、うっんっ」

愛華のほうからも積極的に舌をからめはじめた。ぴちゃぴちゃと唾液の音がする。

健太はジャケットの上から愛華のバストをつかんだ。すると、ぴくっと愛華の身体が反応した。

敏感すぎる反応に、健太のほうが驚いた。ぐっと強くつかんでいく。

「うんっ、うっんっ」

愛華は舌をからめつづける。

健太はジャケットのボタンに手をかけ、はずしはじめた。前をはだけると、ぱんぱんに張ったブラウス越しに、愛華のバストをつかんだ。すると、ぴくぴくっと身体が動いた。

思わぬ敏感な反応に煽られ、健太は強く揉んでいく。

「あっ、だめっ」

唇を引き、愛華が健太の手をつかんだ。

「だめ……だめよ、健太くん」

なおも揉んでいると、だめっ、と愛華は立ちあがり、逃げるように生徒指導室から出ていった。

第三章　クラスの優等生美少女

1

健太はずっと興奮の中にいた。

莉沙とエッチしたとき以上に、愛華の口に出して飲んでもらったことに昂っていた。あの清楚で品のいい愛華が僕のち×ぽをしゃぶって、ザーメンを喉で受けて、しかも飲んだのだ。おいしいとまで言ってくれた。そうだ。ただおいしいのではなく、

——本当よ。健太くんのだから、おいしいのかもしれないわ。

と言ったのだ。

健太くんのだから、おいしい。感激したあとのベロチューは、愛華も熱が入ってい

なかったたか。あれは、恋人どうしのベロチューじゃないのかっ。

そうだ。僕は愛華先生にコクったんだっ。

――愛華先生っ、好きですっ、大好きですっ。

ザーメンを口にぶちまけた状態で、告白したことを思い出す。

最低の状況じゃないかっ。たぶん、愛華は忘れているはずだ。ザーメンを口に受けた状態でコクられても、まじめに取ることはないだろう。

いや、そうか。あのあと、愛華はごくんとザーメンを飲んでくれたのだ。あれはもしかして、私も好きよ、という返答なのか。いや、都合よく考えすぎだ。

――舐めダルマはだめっ。絶対、エッチになるし、どれだけ出すかわからないわ。必ず、山田くんは花村先生の身体に溺れて、めちゃくちゃになってしまうわ。そんなこと、担任の私がさせませんっ。

と言って、愛華先生は僕のち×ぽをしゃぶってくれた。

ということは、これからも、しゃぶってくれるということだ。エッチは無理だとしても、少なくとも、フェラして抜いてくれるはずだ。

いやあ、いきなりラッキーすぎるぞっ。

健太はにやけたまま自宅に帰り、私服に着がえてすぐさま塾に向かう。

遅れそうだと、近道の公園を走っていると、ベンチに伊藤美波がひとりで座っていた。

「伊藤さんっ、塾、間に合わないよっ」

健太は思わず、声をかけた。

美波は返事もせず、宙を見つめている。この前、塾の前でよろめいたときのように、なんか変だ。学校でも元気がないように見えた。

学校では男子の目があるから声をかけられなかったが、ここでは声をかけられた。

健太は美波の前に立ち、

「伊藤さんっ」

と、もう一度声をかける。

すると、やっと美波が健太に気づいた。

「あっ……山田くん……こんばんは……」

「こんばんはじゃないよ。塾、遅刻するよ」

「そう……」

塾命のはずの美波が、つれない返事をする。ますます変だ。

「体調でも悪いの？」

「ううん……」

美波はかぶりを振る。そして、黒縁のレンズの奥から、じっと健太を見つめている。

やっぱり、瞳がきれいだ。まっすぐ見つめられると、吸いこまれそうになる。

「山田くん、なんかいいことあったの？」

「えっ……」

「なんか口もとがゆるんでいるよ」

「そ、そうかな……」

「なんかあったんだね。誰かと両思いになったとか……」

美波がそんなことを言い、頬を赤らめる。

「えっ、いや、まさか……僕なんて、モテないよ」

「そうなの」

「えっ、そうだよ」

「そうなんだ」

否定されてもいやだが、納得されるのもいやだ。

「楽しいことないかな……」

美波がぽつりとつぶやく。

「えっ」

「だから、楽しいこと。山田くんのように、にやけられること」

「そんなに、にやけているのっ」

健太は自分の顔を撫でる。

「伊藤さん、楽しいことないの？」

「勉強、勉強で、疲れちゃった……」

「伊藤さん……」

美波がベンチの隣を指さす。隣に座れということだと思い、思わず、

「いいの？」

と聞いてしまう。

うん、と美波がうなずく。美波の視線は健太にはなく、健太の向こう側に向いている。うしろになにがあるのだろうか。

健太は美波の隣に、ちょっと間を空けて腰かけた。美波がなにを見ているのかわかった。対面にもベンチがあり、そこにカップルが座っていたのだ。

ふたりとも高校生だ。公立高校の制服を着ている。ただ並んで座っているわけではなかった。男子が女子の肩に手をまわし、ぐっと抱きよせていた。女子は男子の肩に

頭を乗せていた。

そんなふたりを、美波はじっと見つめている。そして健太に、隣に座れ、と言ったのだ。もしかして、あのカップルのまねをしたがっているのでは……。

「あの子、癒《いや》されている表情をしているよね」

「そうだね」

「ああすると、癒されるのかな……」

美波がつぶやく。

勉強、勉強で疲れた、と言っていた。美波は癒しが欲しいのか。

しかし、僕が相手をして果たして癒されるのか。

「どうなのかな」

美波がまた尋ねてくる。癒される、と言ってほしいのか。癒してあげるよ、と肩を抱いてほしいのか。

健太は思いきって賭《か》けに出た。このところ、莉沙といい愛華といい女運が来ている。その流れで、美波の肩を……。

と思うが、いざとなると、手が伸びていかない。莉沙相手にエッチをして、愛華には口内発射をしているが、女子とつき合ったことはないのだ。

ベンチで並んで座り、肩を抱くなんて、まさにつき合っている男女がやることだ。莉沙のおま×こにち×ぽを入れていながら、女子の肩は抱いたことがないのだ。

「山田くん……ちょっと肩、借りてもいいかな」

前を見つめたまま、美波が聞いてきた。

なんてことだっ。美波のほうから、肩に頭を乗せたいと言ってきたぞっ。

「う、うん……いいよ」

おどおどした返事をする。

美波が間合いを詰めてきた。そして、紺のブレザーに包まれた上半身を斜めに倒してくる。

手を伸ばせっ。肩を抱きよせるんだっ。

と言い聞かせるものの、緊張が勝って、手が動かない。その間に、美波が健太の肩に頭を乗せてきた。

抱きよせるんだっ。あっちのカップルはそうしているだろうっ。ただ肩に頭を乗せても、癒されないだろうっ。抱きよせるんだっ。

健太は美波の肩にやっと手を伸ばした。肩をつかむと、美波の身体に緊張が走るのがわかった。でも、そのままでいる。

これでいいんだ。これを望んでいるんだっ。

健太はぐっと美波を抱きよせた。すると、美波がしがみついてきた。健太のセーターの胸もとに美貌を押しつけてくる。

「伊藤さん……」

「しばらく、このままにさせて……」

と言って、健太の二の腕をセーター越しに、ぐっとつかんでくる。

なにっ、これっ。目の前のカップルより、密着していないかっ。

実際、カップルの男のほうが、驚きの目でこちらを見ている。

「山田くん、ドキドキしている？」

美波が胸もとで聞いてくる。

「う、うん……」

「心臓の音、するよ」

「それはするよね……生きているから」

「そうだね」

うふふ、と美波が笑う。あのクールビューティな美波が笑った。

美波が健太の胸もとで眼鏡をはずした。はい、と健太にわたそうとする。それを受け取ると、美波がセーター越しに、健太の胸板に美貌をこすりつけてきた。

「あっ、伊藤さんっ」

「山田くん」

と言いながら、強く顔をこすりつけてくる。

向かいのカップルも、男子の胸もとに女子が顔を埋めていた。

「ぎゅっとして……」

胸もとから美波が言う。健太は右手で眼鏡を持ったまま、美波を強く抱きしめていく。

「もっと……」

美波がねだる。

健太はさらに強く美波の身体を抱く。美波の身体はスレンダーだが、こうして抱くと、折れそうだ。その細さに昂る。

「あっ……」

美波が声をあげた。

えっ。まずいっ。パンツの股間がもっこりしていないかっ。それに気づかれたかっ。

美波は顔を起こすと思ったが、違っていた。起こすどころか、パンツの股間を触ってきたのだ。

「あっ、すごい……」

と言って、強く握ってくる。

「ああっ……」

「硬いよ。すごく硬いよ」

「そ、そうだね……」

「私、今、山田くんにぎゅっとしてもらって、すごく癒されているんだ」

「そ、それはよかった……」

「でも、山田くんは違うみたいね……これって、興奮しているってことかな」

「そ、そうかもね……」

まさか公園のベンチで、パンツ越しとはいえ、伊藤美波にペニスをつかまれることになるとは。

「どうしたらいいのかな」

美波が聞いてくる。ペニスは握ったままだ。

「ど、どうしたらって……」

「私も山田くんを癒してあげたいなって、思って……今、すごく癒されているの。疲れがすうっと抜けているの」

「そうなんだね。よかった」

美波はパンツ越しのペニスから手を放さない。

「どうしたら、癒してあげられるかな」

「それは、その……」

フェラしてほしい、とは言いづらい。そもそも、公園のベンチでは無理だ。場所を変えるといっても適当なところがない。

美波がいきなり立ちあがった。

「どうしたの？」

「塾、行こう」

と言う。

しまった。うじうじ考えていたら、美波の気が変わったのだ。まあ、元気になったようだから、いいか。

美波は先を歩き出す。かなり癒されたようだ。

まさか、僕のぎゅうに癒し効果があるとは。

塾が入っているビルに着いた。五階から八階までに塾が入っていて、美波が属しているSクラスは八階で、健太のBクラスは六階である。

エレベーターに乗りこむと、美波が八階を押す。健太が六階を押そうとすると、美波が健太の手をつかんできた。

「いっしょに八階に来て」

と言った。

2

八階に着いた。すでに講義ははじまっていて、廊下は静かだ。教室から講師の声が聞こえてくる。

てっきり美波は教室に入ると思ったが、こっち、と言って廊下を進んでいく。自習室が並んでいる。そのいちばん奥の自習室の前に立つと、制服のポケットからカードを出し、ぴっとキーを解除した。

美波が中に入る。ああ、これが噂のVIP自習室か。各階に自習室はあるが、いわゆる大部屋である。だが、Sクラスだけはひとりで使えるVIP自習室がいくつかあると噂には聞いていた。

ひとりで使うには広めの空間に机と椅子が置かれている。横には、ソファまであった。まさにＶＩＰだ。

そのソファに美波がちょこんと腰かけた。そして、隣を指さす。

「あの、講義は出なくていいの？」

「私といると、気疲れする？」

「まさかっ。ずっといっしょにいたいよっ」

「よかった……」

美波が笑顔を見せる。こんな笑顔、レアだ。

「隣に……」

と、美波が言う。健太が隣に座るなり、美波が抱きついてきた。

「ぎゅっとして……」

と、美波が言い、健太は両腕を美波の背中にまわすと、強く抱いた。

美波はすぐにパンツの股間に手を向けてきた。かなり気になるようだ。

「あっ、大きくなってくるよ」

「そうだね……」

公園を出たときには小さくなっていたが、美波に抱きつかれた瞬間、一気に大きくなった。

「あの……じかに……触ってみて、いいかな」

健太の胸もとで、美波がそう言う。

「い、いいよ……もちろん、いいよ」

このＶＩＰ自習室は完全密室だ。廊下からものぞけない。

美波が抱きついたまま、右手でパンツのベルトをゆるめていく。そして、下げようとする。健太は腰を浮かせた。

パンツが下げられていく。そして、今度はブリーフ越しに、つかんできた。

「あっ、すごいっ。なんか、生きてるよ」

「それはそうだよ」

「ああ、じかに触るね……」

美波がブリーフを下げてきた。はじけるように、びんびんのペニスがあらわれた。

それを胸もとに顔を埋めたまま、美波が右手でつかんでくる。

「あっ……」

つかんだ瞬間、手を放した。

そしてまた、つかんでくる。

「硬いよ。すごく硬いよ」

「そうだね……」

健太の声が裏返る。ただ握られているだけだが、握っているのがあのクールビューティの伊藤美波なのだ。しかも、ここは塾の中なのだ。

「ああ、感じるよ……健太くんを感じるよ」

と、いきなり名前で呼ばれた。あの美波に名前で呼ばれた。感激で、ペニスがひくつく。

「あっ、動いたよっ」

いちいち感想が新鮮だ。

「おち×ぽってすごいねっ。握っているだけで、健太くんを感じるよっ」

美波の声が昂っている。僕のち×ぽを握って、クールビューティな美波が興奮している。

その反応に、ぐぐっとたくましくなる。

「ああ、大きくなったよっ。健太くんっ、大きくなったよっ」

美波が強く、反り返った胴体を握ってくる。

「なんか、こうしておち×ぽ握っていると、癒されるね」

「そ、そうなの……」

握られている健太は興奮しているが、美波は癒されるのか。

「あの……」

と言って、美波が見あげた。

黒縁の眼鏡のレンズ越しに見る美波の瞳は、透きとおるほど美しい。見つめられるだけで、ペニスがひくつく。

「あっ、また、動いた」

美波が声をあげる。

「あのね……あのね……その、あの、毎日、ここで、こうして、健太くん、私のこと、ぎゅっとしてくれるかな」

「も、もちろんだよ」

「あのね……ぎゅうだけじゃなくて……あのね……こうやって、おち×ぽ、握っていていいかな」

「もちろん、いいよ」

「ありがとう」

そう言うと、美波は首を差しのべ、ちゅっと健太の頬にキスしてきた。

1 0 1 - 8 4 0 5

書籍のご注文は84円
アンケートのみは63円
切手を貼ってください

東京都千代田区神田三崎町2-18-11

二見書房・M&M係 行

ご住所 〒

TEL - - Eメール

フリガナ

お名前

(年令 才)

※誤送を防止するためアパート・マンション名は詳しくご記入ください。

23.2

愛読者アンケート

1 お買い上げタイトル（　　　　　　　　　　　　　　　　　　）

2 お買い求めの動機は？（複数回答可）

□ この著者のファンだった　□ 内容が面白そうだった
□ タイトルがよかった　□ 装丁（イラスト）がよかった
□ あらすじに惹かれた　□ 引用文・キャッチコピーを読んで
□ 知人にすすめられた
□ 広告を見た　　（新聞、雑誌名：　　　　　　　　　　）
□ 紹介記事を見た（新聞、雑誌名：　　　　　　　　　　）
□ 書店の店頭で　（書店名：　　　　　　　　　　　　　）

3 ご職業

□ 学生 □ 会社員 □ 公務員 □ 農林漁業 □ 医師 □ 教員
□ 工員・店員 □ 主婦 □ 無職 □ フリーター □ 自由業
□ その他（　　　　　　　　　　　　　　）

4 この本に対する評価は？

内容：□ 満足 □ やや満足 □ 普通 □ やや不満 □ 不満
定価：□ 満足 □ やや満足 □ 普通 □ やや不満 □ 不満
装丁：□ 満足 □ やや満足 □ 普通 □ やや不満 □ 不満

5 どんなジャンルの小説が読みたいですか？（複数回答可）

□ ロリータ　□ 美少女　□ アイドル　□ 女子高生　□ 女教師
□ 看護婦　□ ＯＬ　□ 人妻　□ 熟女　□ 近親相姦　□ 痴漢
□ レイプ　□ レズ　□ サド・マゾ（ミストレス）□ 調教
□ フェチ　□ スカトロ　□ その他（　　　　　　　）

6 好きな作家は？（複数回答・他社作家回答可）

（　　　　　　　　　　　　　　　　　　　　　　　　）

7 マドンナメイト文庫、本書の著者、当社に対するご意見、
ご感想、メッセージなどをお書きください。

ご協力ありがとうございました

↓ この線で切

●両隣の人妻 母乳若妻と爆乳熟妻の完全奉仕[21050 720円]
●ハーレム・ハウス 熟女家政婦と美少女と僕[20121 719円]
●【連鎖相姦】義母+姉 淫欲のハーレム[20036 719円]
●熟母と隣の未亡人 二人のママと……[19109 694円]

【鮎川りょう】(あゆかわ・りょう)
●秘湯の巨乳三姉妹 魅惑の極上ボディ[22072 720円]
●田舎の未亡人教師 魅惑の個人レッスン[21126 720円]

【新井 芳野】(あらい・よしの)
●生贄アイドル 淫虐の美少女調教計画[22054 720円]
●生贄四姉妹 パパになって孕ませてください[21125 720円]
●隣のお姉さんはエッチな家庭教師[21002 720円]

【阿里佐 薫】(ありさ・かおる)
●母乳まみれ 濃厚ミルクハーレム[22156 720円]
●母乳しぼり わいせつミルクママ[22005 720円]

【石神 珈琲】(いしがみ・こーひー)
●幼馴染に無理やり女装させられたら覚醒しちゃったんですけど[21086 720円]

【イズミ エゴタ】
●人妻同級生 憧れの誘惑体験[18124 722円]
●ハーレム不動産 美人女子社員だらけの営業所[17184 713円]

【伊吹 泰郎】(いぶき・やすろう)
●男の娘いじり 倒錯の学園祭[22104 720円]
●快楽温泉 秘蜜のふたり旅[22004 720円]
●流転処女 時を超えた初体験[21105 720円]
●クソ生意気な妹がじつは超純情で[21019 720円]
●剣道部の先輩女子 放課後のふたり稽古[20138 719円]

【上田 ながの】(うえだ・ながの)
●女体開発 闇のセックス体験講座[22086 720円]
●巨乳女探偵物語 孤島の秘祭[21144 720円]

【佐伯 香也子】(さえき・かやこ)
●上流淑女 淫虐のマゾ堕ち調教[21142 720円]
●奴隷花嫁 座敷牢の終身調教[20175 819円]
●秘儀調教 生け贄の見習い巫女[20050 719円]

【桜井 真琴】(さくらい・まこと)
●淫ら人妻研究員[23005 770円]
●分校の女教師[22095 720円]
●内閣〈色仕掛け《ハニートラップ》〉担当局[21155 740円]
●灰色の病棟[21061 720円]
●女性社長 出資の代償[21013 740円]
●七人の人妻捜査官[20115 719円]
●人妻 夜の顔[20063 719円]
●下町バイブ[19029 722円]

【東雲にいな】(しののめ・にいな)
●俺の姪が可愛すぎてツラい[22071 720円]

【鈴川 廉平】(すずかわ・れんぺい)
●孕ませ性活 熟乳ママと悪魔のような少年[21021 720円]
●美母と二人の若叔母を寝取られた僕[19127 694円]
●寝取られ義母 禁断の三角関係[18031 686円]

【澄石 蘭】(すみいし・らん)
●僕専用ハーレム女子寮 ナマイキ美少女に秘蜜の性教育[22070 760円]

【星凜大翔】(せいりん・やまと)
●人妻プール 濡れた甘熟ボディ[22121 720円]
●訪問調教 奥さんと娘姉妹を犯します[22003 720円]
●喪服の三姉妹 孕ませ絶頂儀式[21069 720円]

【高畑 こより】(たかはた・こより)
●名門乙女学園 秘蜜の百合ハーレム[22183 720円]

【高村 マルス】(たかむら・まるす)
●憧れのお義姉ちゃん 秘められた禁断行為[22136 720円]
●ときめき文化祭 ガチでヤリまくりの学園性活[21162 720円]
●ときめき修学旅行 ヤリまくりの三泊四日[20122 705円]

【殿井 穂太】(とのい・ほのた)
●処女覚醒 ふしだらな遺伝子[22105 720円]
●少女中毒【父×娘】禁断の姦係[21183 720円]
●痴女の楽園 美少女と美熟母と僕[21004 740円]
●教え子 甘美な地獄[20105 719円]
●妻の娘 獣に堕ちた美少女[20002 705円]

【成海 光陽】(なるみ・こうよう)
●鬼畜転生 愛娘の秘密[19071 694円]
●放課後奴隷市場 略奪された処女妹[20069 705円]
●美少女略奪 放課後奴隷倶楽部[19051 694円]

【葉月 奏太】(はづき・そうた)
●奥さん、丸見えですが…[22124 720円]
●僕の上司は人妻係長[22063 720円]
●誘惑は土曜日の朝に[21194 720円]
●隣室は逢い引き部屋[21121 720円]
●親友の妻は初恋相手[21014 740円]
●私の彼は左向き[20165 719円]
●人妻のボタンを外すとき[20095 719円]
●淫ら奥様 秘密の依頼[20029 694円]
●夢か現か人妻か[19193 694円]

【葉原 鉄】(はばら・てつ)
●侵入洗脳 俺専用学園ハーレム[22154 720円]
●生意気メスガキに下克上！[22023 720円]

【羽村 優希】(はむら・ゆき)
●淫獣学園 悪魔教師と美処女[22135 720円]

↑ この線で切り取ってください

↑ この線で切

取ってください

← この線で切り取ってください

●氷上の天使 悦虐の美姉妹強制合宿[21124 720円]
●【完堕ち】アイドル養成学校処女科[20104 705円]
●美少女の生下着 バドミントン部の天使[19182 694円]
●鬼畜教室 狙われた清純少女と女教師[18107 722円]

【藤 隆生】(ふじ・りゅうせい)
●M女子学院ゴルフ部巨乳特待生 闇の絶頂レッスン[21106 730円]
●人妻巨乳バレーボーラー 寝取られM化計画[20034 719円]

【深草 潤一】(ふかくさ・じゅんいち)
●嫁の姉 誘惑の夜[18186 694円]
●淫ら義母 乱れる[18101 694円]
●隣りの人妻 誘惑の夜[17178 694円]
●清楚妻 ほんとは好き[17063 694円]

【星 悠輝】(ほし・ゆうき)
●折檻義母とご褒美ママ[19183 694円]

【星名 ヒカリ】(ほしな・ひかり)
●義母とその妹 むっちり熟女の童貞仕置き[22169 720円]
●保健の先生がこんなにエッチでいいの?[21182 720円]
●美叔母と少年 夏の極上初体験[20155 705円]

【真崎 好摩】(まさき・こうま)
●僕が寝取った人妻奴隷[19037 694円]

【真島 雄二】(ましま・ゆうじ)
●美人講師と有閑妻 オモチャになった僕[20020 705円]
●三人の美人妻 弄ばれた童貞ペット[18048 686円]
●美人司書と女教師と人妻[16193 686円]

【美里 ユウキ】(みさと・ゆうき)
●美少女ももいろ遊戯 闇の処女膜オークション[20196 740円]
●女子校生刑事潜入! 学園の秘密調教部屋[20070 719円]
●女教師蟻地獄 恥辱の性処理担任[19128 694円]
●ねらわれた女学園 地獄の生贄処女[18193 722円]

●奴隷帝国ニッポン 牝奴隷調教機関[20035 719円]

【吉野純雄】(よしの・すみお)
●黒髪の媚少女[21181 720円]

【綿引 海】(わたびき・うみ)
●はだかの好奇心 幼なじみとのエッチな冬休み[23003 750円]
●少女の花園 秘密の遊戯[22053 720円]
●なまいきプリンセス 姪っ子とのトキメキ同居生活[21107 720円]
●美少女島 聖なる姉妹幼姦[20173 728円]
●いじめっ娘ペット化計画[20051 719円]
●はいから姉妹 地下の拷問部屋[19148 694円]

【素人投稿編集部】
●禁断告白スペシャル 母と息子の相姦体験[23004 750円]
●禁断告白スペシャル 棚ぼた年の差体験[22172 720円]
●禁断告白スペシャル 忘れられない相姦体験[22137 720円]
●禁断告白スペシャル 旅で出会った夏熟女たち[22123 720円]
●禁断告白スペシャル 昭和・平成・令和 淫らな出逢い[22106 720円]
●禁断告白スペシャル 背徳の秘習―逆らえない性の掟[22073 720円]
●禁断告白スペシャル 熟年相姦体験[22040 720円]
●素人告白スペシャル 冬のほっこり熟女体験[22006 720円]
●禁断告白スペシャル 感動! 秋の熟女体験[21184 720円]
●禁断告白スペシャル 旅先での熟女体験[21163 720円]
●禁断告白スペシャル 田舎の熟年相姦―背徳の悦び[21145 720円]
●素人告白スペシャル 年の差不倫―背徳の肉悦[21127 720円]
●熟年白書 甦る性春[21108 720円]
●人妻白書 寝取られ懺悔録[21088 720円]
●衝撃相姦告白 母との肉悦に溺れた夜[21072 720円]
●熟年白書 忘れられない春の熟女体験[21053 720円]
●素人告白スペシャル 相姦不倫―背徳の肉悦[21038 720円]
●素人告白スペシャル 未亡人とシングルマザーの下半身事情[21022 720円]

●激ナマ告白 貞淑妻の淫らな好奇心[17154 686円]
●激ナマ告白 貞淑妻の不適切な交際[17118 686円]
●相姦告白 田舎のどスケベ熟女[17050 686円]
●塾妻告白 おいしい不倫[18018 686円]
●人妻告白スペシャル 人に言えない淫らな体験[17185 686円]

【性実話研究会】
●禁断レポート 感じすぎてしまうオンナたち[18177 694円]
●素人告白スペシャル 熟年世代の回春体験[18141 694円]
●熟年相姦 濡れた母の柔肌[18125 694円]
●禁断白書 ハラスメントな奥様たち[18108 694円]
●禁断レポート 痴女妻[18065 686円]
●禁断告白 奪われた母の操[18035 686円]
●相姦白書スペシャル 禁忌に溺れる女たち[18003 713円]
●告白解禁 昭和の淫ら妻の回顧録[17169 686円]
●禁断白書 相姦体験の誘惑[17135 686円]
●告白解禁 熟れごろ奥様のふしだら体験[17104 686円]

【夕刊フジ】
●私の性体験投稿 禁断の果実[22186 720円]
●私の性体験投稿 濡れた横顔[22088 720円]
●私の性体験投稿 淫らな素顔[21203 720円]

【サンケイスポーツ文化報道部】
●私の性体験手記 青い性愛[22157 720円]
●私の性体験手記 教え子の匂い[22055 720円]

ってください

それだけで、我慢汁を出してしまう。胴体を握っている美波は気づかない。

「私は握っているだけでいいけど、健太くんは違うんだよね」

「まあ、そうだね」

「なにしてほしいの？」

「あの、しゃ、しゃぶってくれるとうれしいかなって……」

「しゃぶるって、このおち×ぽを……私が……」

「いや、ごめんっ。いいんだよ、しゃぶらなくても。握ってくれているだけでも、うれしいから」

美波はレンズの奥から、じっと健太を見つめている。ペニスは握ったままだ。かなり気に入っているようだ。

「しゃぶると、健太くんも癒されるのかな」

「そ、そうだね……」

「わかった……やってみるね」

やってくれるのかっ。僕のち×ぽをクールビューティがしゃぶってくれるのかっ。

あらたな我慢汁が出る。

美波が健太の胸もとから美貌を下げる。勃起したペニスを直視する。

「あっ、ごめんっ、もう出したのっ」

「いや、違うんだよ」

「でも、白いのが出ているよ」

鎌首は我慢汁だらけだ。しかも、美波に見つめられて、さらに出てきている。

「我慢汁っていって、射精ではないんだ」

「我慢、汁……健太くん、我慢しているんだね。ごめんね。なんか、私ばっかり……自己中の女子なんて、思わないでね」

「思わないよ」

「これ、舐めるの？」

「いやなら、いいよ」

「ううん。いやじゃないよ。むしろ、舐めてみたい、かな……」

「えっ……」

「だって、未知のものだし……」

好奇心が勝っているのか。

美波が美貌を寄せてくる。ピンクの舌を出すと、そろりと我慢汁を、先端を舐めてきた。

「あっ……」

ちょっと美波の舌が這っただけで、健太は大声をあげる。

「ごめんっ、痛かった？」

あわてて舌を引き、美波が心配そうに健太を見あげる。

「いや、痛くないよ。気持ちいいよ」

「そうなんだね。じゃあ、もっと舐めるね」

そう言うと、美波がふたたび美貌を先端に寄せてくる。そして舌を出すと、さきっぽをぺろりと舐めてくる。

「ああっ……」

また、健太は声をあげる。愛華の口に出していなかったら、すでに暴発させていただろう。今でも、すでにぎりぎりの状態だ。

愛華のフェラより、美波のフェラのほうが、もっと感じた。そもそも美波のこれはフェラなのかどうかわからないが、フェラですらないのに、もう出しそうなのだ。

「まずくないかい」

「ううん……不思議な味だよ……たぶん……健太くんのお汁だから、舐められるんだと思うよ」

「そうなの。うれしいよ」

美波はぺろぺろ、ぺろぺろと、我慢汁を舐め取ってくれる。だが、すぐにあらたな我慢汁が出てくる。

「どんどん出てくるね。まだ我慢しているの。あの……我慢しなくていいから。あの、その、どばっと出してもらっていいから」

「えっ、いいのっ」

たぶんというか、美波は射精がぜんぜんわかっていない。

今、どばっと出したら、美波の顔面を直撃するっ。

そんなことを想像した瞬間、噴射させた。

「あっ……」

健太と美波が同時に声をあげた。

どくどくっとザーメンが噴き出し、美波の顔を直撃する。眼鏡のレンズにどろりとかかり、垂れていく。

「ああ、ごめんっ」

と言いつつも、健太は矛先をずらさない。美波も美貌をそむけることはしなかった。眼鏡をかけたまま、ザーメンの噴射を受けつづけている。

愛華の口に出したあとだというのに、大量のザーメンが出ていた。まともに顔面で受けた美波の美貌はどろどろになっている。

ようやく、脈動が鎮まった。

小鼻から、唇から、あごから、どろりとザーメンが垂れていく。眼鏡のレンズもどろどろだ。

「すごいね……びっくりした」

と、美波が言い、眼鏡を取った。

「あっ……」

思わず、健太は声をあげた。眼鏡を取った顔が、美しかったからだ。普通にアイドルグループのメンバーになれる美貌だった。

大量のザーメンを顔で受けていたが、レンズの部分だけ無事で、ぱっちりと目は開けられている。

相変わらず、澄んだ瞳だ。それでいて、そのまわりはザーメンだらけなのだ。ギャップが凄《すさ》まじい。

美波はザーメンをそのままにしている。拭い取るわけでもなく、ティッシュを探すわけでもない。

「ごめんっ、たくさん出たね。すぐ拭かないと」

ソファの端に、ティッシュボックスがあった。ちょうど手の届くところだ。まさか、ここで出すやつがいるのだろうか。

ティッシュを数枚抜くと、美波にわたした。だが、美波はなにもしない。

「拭いて」

「えっ、もう拭くの？」

「だって、汚いだろう」

「えっ、汚いの……健太くんが出したものでしょう。汚くないよ」

「美波さん……」

健太と名前で呼ばれているからか、それとも顔面射精したからなのか、素直に名前で呼べた。

「もうしばらく、このままがいいな……」

頬やあごからザーメンを垂らしながら、美波がそう言う。

「美波さん……」

健太が出したザーメンを、そのままにしている美波に感激する。と同時に、もちろんあらたな興奮を覚える。それはペニスにあらわれる。

「あっ、たくさん出して小さくなったのが、もう大きくなってきたよ」

あごからぽたぽたザーメンを垂らしつつ、美波がそう言う。

「はっきり見たいな」

美波がティッシュでレンズにかかったザーメンを拭い取ると、眼鏡をかけた。

レンズの奥から、美波がじっと健太のペニスを見つめている。美波に見られ、さらにたくましくなっていく。

「ああ、触っていい？」

「いいよ……」

うなずくと、美波は手を伸ばし、はやくも回復しつつあるペニスをつかんできた。

3

翌日。

教室に入ると、すでに美波は来ていた。窓ぎわの席で、いつもと同じように参考書を読んでいる。

視線を感じたのか、美波がこちらを見た。だが、いつもと変わりのない表情で、すぐに参考書に視線を戻した。

そんな美波を見ていると、昨晩のことは健太の妄想だったのではないか、と思えてくる。美波の顔にザーメンをかけるなんて、ありえないだろう。

そんなありえないことが昨晩起こったのだが、あれは妄想だったのか……。

一時間目の授業がはじまった。今日は最初が愛華の授業である。

ジャケットのボタンを上まで留めた完全防備の愛華があらわれた。

教壇に立ち、生徒たちを見まわす。

愛華と目が合った。だが、愛華もまったく表情を変えなかった。

愛華先生は僕のち×ぽをしゃぶり、口の中で受けて、飲んだのだ。

愛華はなにごともなかったような顔でいる。

もしかして口内発射も、僕の妄想なのか。

そもそも、愛華先生がち×ぽをしゃぶって、口で受けるなんて、ありえないだろう。

そんなありえないことが起こったのだが、こちらも妄想のような気がしてきた……。

昼休み——。
健太は保健室に向かっていた。愛華のことも、美波のことも妄想なら、発端である莉沙とエッチしたことも妄想かもしれない、と思いはじめたのだ。

すべては妄想ではない、とはっきりさせたいために、保健室のドアをノックした。

はいっ、と莉沙の声がする。失礼します、とドアを開く。

莉沙はランチを取っていた。サンドイッチを頰張っている。手作りのようだ。

「あら、健太くん。ちょうどよかったわ。お腹もいっぱいになったし、舐めてもらおうかと思っていたの」

最後のひと切れを口に入れて、ウーロン茶を飲むと、莉沙がそう言ったのだ。

やっぱり、妄想じゃなかったんだっ。

僕は莉沙先生とエッチをしている。となると、愛華先生に口内発射をして、美波の顔にもザーメンをかけていたんだっ。

「なに、にやにやしているの。そんなに私のおま×こを舐めたかったのかしら」

「舐めたかったですっ」

「よろしい」

と言うと、莉沙が白衣の前をはだけた。

「あっ……」

健太は驚きの声をあげた。白衣はふくらはぎが半分まで隠れるロングタイプのものだが、下は太腿の半ばまでのガーターストッキングだけしか身につけていなかったのだ。

　下腹の陰りがもろ出し状態となっていた。

「パンティ、脱いだりするの、面倒でしょう。すぐに舐めてもらえるように、ノーパンで用意して待っていたのよ」

「莉沙先生……」

　健太は剝き出しの割れ目に誘われるように、寄っていく。

　莉沙の割れ目が迫ってくる。間違いなく、莉沙の入口がある。やはり、愛華や美波のことも現実だったのだ。それを確信するために、莉沙の恥部に顔を埋めていく。

　おんなの匂いに顔面が包まれる。

　健太はぐりぐりと割れ目に顔を押しつける。

「ああ……いいわ……」

　頭の上から莉沙の声がする。

　健太はクリトリスを口に含んだ。最初からじゅるっと強く吸う。

「あうっ、うんっ……」

　健太は強く吸いつつ、割れ目の中に、いきなりずぶりと二本の指を入れていく。

「ああっ、いいわっ、ああ、積極的ねっ、健太くんっ」

莉沙のおま×こは予想どおり、どろどろだった。おま×こをこんなにさせて、ノーパンで保健室の仕事をやっていいのだろうか。

でも、おま×こをぐしょぐしょにさせてはいけない、という就業規則はない。パンティを穿《は》いていなければいけない、というきまりもない。

健太はクリトリスを吸いつつ、どろどろの媚肉を二本の指でかきまわしていく。

「あっ、いいわっ。上手よっ。小谷先生に教わったのかしらっ」

愛華のおま×こはいじっていない。そもそも健太の前で、愛華も美波もパンティは脱いでいない。

三人の美女相手にいろんな経験をしたと浮きたっていたが、まだまだ序の口にすぎないことを知る。

「ああ、そろそろ、おま×こも舐めて、健太くん」

莉沙に言われ、クリトリスから口を引く。おんなの穴から二本の指を抜こうとすると、からみついた肉の襞が放すまいと締めてくる。

「すごい食いつきですよ、莉沙先生」

「ああ……飢えているのよ……ああ、やっぱり、おち×ぽにずっと突いてもらっていないと、体調を崩しそうだわ」

二本の指を抜いた。ねっとりと愛液が糸を引く。

指を抜いても、割れ目は閉じなかった。二本ぶんだけ開いて、中の粘膜をのぞかせている。花びらは、はやく舐めて、と誘っていた。

健太はそこに顔を埋め、舌を忍ばせていった。愛液まみれの指でクリトリスを摘み、肉襞を舐めていく。

「あうっ、うんっ……いいわ……」

椅子の上で、莉沙の下半身ががくがくと動く。健太は莉沙の足下にしゃがみこんでいる。

健太はおんなの穴の奥まで舌先を入れていく。すると、きゅきゅっと締まってくる。

「舌、動かして」

はい、と健太は奥を舐めていく。

「ああ、そこ、いいっ。そこ、いいよっ、健太くんっ」

あらたな愛液が出てきて、ますますどろどろになる。舌を動かすたびに、ぴちゃぴちゃとエッチな音がする。

「ああ、上手よ……気持ちいいわ、健太くん」

この前より、もっと敏感になっている。パンティを脱いで待っている間に、昂っていたのかもしれない。

健太は息継ぎをするように、顔を引いた。すると、莉沙が健太の髪をつかみ、引きあげてきた。そのまま立ちあがると、愛液でべとべとの健太の口に、莉沙が唇を押しつけてきた。

すぐさま、ベロチューになり、ねっとりと舌をからませ合う。

「ああ、もっとおねがい」

と、莉沙が言い、健太はふたたび椅子の前にしゃがむ。クリトリスを口に含み、吸っていく。

「はあっ、あんっ、クリいいっ」

おま×こからむせんばかりの発情した牝《めす》の匂いがする。

健太はクリから口を引くと、再び牝の匂いの源泉に舌を入れていく。割れ目をぐっと開き、肉の襞を強く舌腹でこすりあげる。

「ああっ、それいいっ。すごいわっ、健太くんっ」

莉沙に褒められ、さらに強くこすっていく。

「あ、ああっ、イキそう、ああ、もう、イッちゃいそうよっ」

牝の匂いがさらに濃くなり、顔面を押しつけている健太はくらくらしてくる。それでも、クリをいじり、肉の襞を舐めつづける。

「ああ、あああっ、い、イク……イクイクっ」

莉沙がいまわの声をあげ、がくがくと椅子の上の身体を震わせた。

莉沙がイッている間も、健太は休まず、クリをいじり、おま×こを舐めつづける。

「あ、あああああっ、あああああっ、また、また……い、イク、イクうっ」

莉沙が余韻に浸る間もなく、続けて気をやった。

「はあっ、ああ、二度もイカされて、うれしいけど……ああ、やっぱり、舐めるだけじゃ物足りないわね。ああ、おち×ぽ出して、健太くん」

と、莉沙が言った。

4

健太は立ちあがると、すぐに学生ズボンをブリーフといっしょに下げていった。はじけるようにペニスがあらわれる。当然のこと、先端は我慢汁で白い。

昨日、莉沙、愛華、そして美波と三人の美女相手に出しまくっていたのに、やはり、我慢の汁が出てしまう。

「若いわね。たった一日で、こんなにたまっているのね」

そう言うと、今度は莉沙がその場にしゃがみ、ぺろりと先端を舐めてきた。

「あっ、莉沙先生っ」

やっぱり、保健室での莉沙の舌は格別だ。

莉沙の舌が這うたびに、健太は腰をくねらせる。莉沙が大きく唇を開き、鎌首を咥えてきた。そのまま、根元まで一気に頬張ってくる。

「ううっ……」

健太のほうがうめく。

莉沙はすぐに唇を引きあげた。そして自分が座っていた椅子を指さし、そこに座って、と言う。

健太は言われるまま、椅子に座る。すると、莉沙が跨《またが》ってきた。右手でペニスを逆手で持ち、そのまま腰を落としてくる。

鎌首に割れ目を感じたと思った瞬間、おんなの粘膜に包まれた。

「あうっ、うんっ……」

ずぶずぶと健太のペニスが垂直に、莉沙の中に入っていく。莉沙が呑みこんでいる。

すぐさま、先端からつけ根まで莉沙のおま×こに包まれた。

「ああ、硬いわ。硬いの、好きよ」

そう言いながら、莉沙が両腕を健太の首にまわしてくる。そして、つながっている股間をくねらせはじめる。

「ああっ」

声をあげたのは、健太のほうだ。

「はあっ、ああ……」

莉沙は火の息を吐いて、腰をうねらせつづける。自ら、ち×ぽを貪っている感じだ。貪られているほうは、ああっ、と声をあげつづけている。とにかく、おま×こは気持ちいい。それに尽きる。

「ああ、突いて、健太くん」

と、莉沙が言う。はやくも腰をうねらせるだけでは物足りなくなったようだ。

健太のほうは、これで充分だったが、そうはいかない。はい、と腰を突きあげていく。先端で子宮を突いた。

「あうっ、うんっ、いいわ……」

健太は腰のバネを利かせて、上下させていく。子宮を突きつづける。

「あ、ああっ、そうよ……もっと強く……」

「ああ、こうですか」

「うんっ、だめね……」

むずがるように鼻を鳴らすと、ついに莉沙自身が腰を上下させはじめる。健太の首に両手をまわした状態で、腰から下を激しく動かしてくる。

「あ、あああっ、あああっ」

ち×ぽが先端からつけ根まで強烈にこすりあげられる。

「ああっ、いいわっ。やっぱり、これね」

火の息を吐きつつ、莉沙が腰を上下に動かしつづける。

「ああっ、もうだめですっ」

「えっ、うそっ。もう出そうなのっ」

「ごめんなさいっ」

「まだ、童貞卒業していないのよ。私をイカせないと、卒業なしだからね」

莉沙は一秒たりとも、腰の上下を止めない。

「はい。がんばって、卒業証書もらいます」

健太は歯を食いしばって耐える。気持ちいいのに、ち×ぽがとろけそうなのに、それが困る。

「じゃあ、我慢しなさいっ」

莉沙は健太の事情はまったく考えずに、ち×ぽをおま×こで貪り食いつづけている。

「ああっ、もうだめです」

「まだよっ」

出るっ、と思ったとき、ドアがノックされた。

一気に身体が強張《こわば》る。

「ベッドにいなさい」

と、莉沙が言い、腰をあげていく。奥まで突き刺さっていたペニスがおんな穴から出てくる。

「あうっ、うんっ」

莉沙が火の喘ぎを洩らす。健太も裏スジを逆向きに強くこすられて、危うく暴発しそうになった。ぎりぎり耐えて、ち×ぽまる出しのまま、あわててベッドにあがり、カーテンを引いた。

と同時に、失礼します、と女子が入ってきた。

「あら、山科《やましな》さん、どうしたの」

山科優美《ゆみ》は同じクラスの女子だ。美形で、伊藤美波と双璧である。

「あの……その……あの……バストが……張っている気がして」

「エッチしているのかしら」

莉沙が、いきなり聞いた。すると、優美が、

「はい……」

と答えたのだ。

えっ、山科優美は処女じゃないのかっ。相手は誰だよっ。

「ちょっとバストを出してもらっていいかな」

莉沙が聞く。はい、と優美が返事をする。

えっ、優美がおっぱい出すのかっ。健太はベッドの端まで移動して、カーテンの隙間からのぞく。

ちょうど、優美がブレザーを脱ぎ、ブラウスの裾をたくしあげているところだった。平らなお腹が見える。それだけで、大量の我慢汁が出た。

ブラがのぞいた。白だ。やっぱり女子は白だよな。

右手でブラウスの裾をたくしあげたまま、左手を背中にまわして、ホックをはずした。ブラカップがまくれ、優美の乳房があらわれる。

ああ、でかいっ。山科優美のおっぱいがあんなに大きいとは。

そこに莉沙が手を伸ばしていく。いきなり、むんずとつかむ。

「あっ……」

優美が声をあげる。

莉沙は優美の乳房を揉んでいく。優美の乳房の形が淫らに変わっていく。

これって、触診なのか。それとも、もしかして健太へのサービスなのか。

莉沙の手つきがあきらかに、愛撫《あいぶ》のようになっていく。優美を見ると、懸命に声をこらえているように見える。

莉沙の乳モミに感じているんだ。まさか、山科優美がエッチ済みでおっぱいも開発されていたとは……。

莉沙が手を引いた。白いふくらみのあちこちに、うっすらと手形の痕がついている。

「しこりはないようね」

「そうですか」

「エッチは何回したのかしら」

「えっ、いえ、その……」

「十回以上はヤッているよね」

はい、と優美がうなずく。

なんてことだっ。山科優美が十回以上もヤッているなんてっ。スクープだったが、ちょっと誰にも言えない。

「エッチすることでホルモンバランスが変わることもあるの。胸が張っているのは、そうね、最近はエッチしていないんじゃないの？」

莉沙が優美に聞く。

「そうです。もうひと月、していません」

十回以上エッチする仲なのに、ひと月していないのか。学校関係者ではなさそうだ。

「それね。お相手は今、そばにいないのね」

「はい……お仕事で、アジアをまわっていて……」

社会人なのかっ。

「エッチのよさを知ったのに、ひと月できなくなって、おっぱいが揉んでほしいって、主張しているのね」

「そうなんですか」

「そうよ。揉んでもらうと、張りはなくなるんだけどね」

そう言うと、莉沙はまた手を伸ばし、ふたつのふくらみを同時につかんだ。ぎゅっ

と強めに揉んでいく。すると優美は、痛がるどころか、

「はあっ、あんっ」

と、甘い喘ぎを洩らした。

それを聞いて、大量の我慢汁が出てくる。ペニスがひくひく動いている。のぞいているだけで、出してしまいそうだ。

莉沙はしつこく、こねるように優美の乳房を揉みつづける。

「あ、あんっ……はあっ、あんっ……」

優美は制服のブラウスの裾を持ちあげたまま、火の喘ぎを洩らしつづける。

ようやく、莉沙が手を引いた。

「これで張りも治まったわ。張りが出てきたら、また、いらっしゃい。私がほぐしてあげるから」

ありがとうございます、と優美が頭を下げて、ブラをつけ、ブレザーを着ると出ていった。

5

「いらっしゃい、健太くん」

莉沙が手招きする。健太はカーテンを開き、ベッドを降りる。

「あら、我慢汁が大変なことになっているわね」

健太はふらふらと莉沙のもとに向かう。莉沙が椅子から降りて、健太の足下にしゃがんだ。すぐさま、先端を咥えてくる。

「あっ、だめですっ。出ちゃいますっ」

優美のおっぱいを見て興奮していたのだ。そこに莉沙のフェラが加わったら、ひとたまりもない。

莉沙が胴体まで咥えてきた瞬間、健太は暴発させた。

「おうっ」

雄叫びをあげて、射精させる。

「う、うう……うぐぐ……」

莉沙はそのまま喉で生徒の射精を受ける。やってしまった。だが、自分ではどうしようもない。ひたすら出すだけだ。

脈動がやむと、莉沙が唇を引いた。そして、ごくんと飲んでみせる。

「ああ、莉沙先生……ごめんなさい……また、すぐに出してしまって……」

「すぐに出してもいいのよ。というか、今は、わざと出させたの。山科さんのおっぱい見て、興奮していたんだよね」

「は、はい……処女じゃなかったのは、ショックですけど」

「ショックだけど、ずっと勃起させていたのね。山科さんは本命じゃないのね」

「えっ、本命って……」

「教師は、小谷先生よね。クラスメイトの本命は誰かしら」

莉沙に聞かれ、即座に伊藤美波のことが浮かんだ。

「やっぱりいるのね。その子は、処女だといいわね」

「処女ですっ」

きっぱりと言う。

「あら、自信あるのね。とにかく、はやく出してもいいの。すぐに勃たせれば、問題なしよ」

と言って、莉沙は立ちあがると、閉じていた白衣の前を開いてみせた。

上半身はニットのセーター。下半身はまる出しだ。割れ目は閉じきれずに、鎌首の形に開いたままだ。

その割れ目に指を添え、莉沙がさらに開いてみせる。真っ赤に爛《ただ》れた媚肉が奥まであらわになる。

「ああ、莉沙先生っ」

今度は健太がしゃがみ、あらわな花園に顔を寄せていく。すると莉沙のほうから、あからさまな恥部を押しつけてきた。

「うぐぐっ……」

ぬちゃり、とおんなの粘膜が健太の鼻を包む。

莉沙も女子生徒の乳房を揉んで興奮していたようだ。

莉沙は健太の後頭部を押さえ、強くおま×こをこすりつけてくる。

「うう、ううっ」

健太はむせつつも舌を出し、莉沙の媚肉を舐めていく。舐めダルマの本領発揮だ。

「ああっ、いいわっ、健太くんっ」

健太は莉沙のおま×こを顔面で受けつつ、右手を股間にやった。はやくもびんびんになっている。それを知らせるべく、太腿をタップする。

すると、莉沙が後頭部を引いた。

「はあっ……」

健太は息継ぎをしつつ、立ちあがる。すぐさま、莉沙がペニスをつかんできた。ぐいっとしごき、

「私のおま×こで、すぐに勃たせるなんて、いい子ね」

ちゅっとキスすると、莉沙は椅子から立ちあがり、机に右手をついた。そして、左手で白衣の裾をたくしあげる。

ぷりっと張ったヒップがあらわれる。

「うしろから、入れて」

莉沙が甘くかすれた声で、そう誘う。

はい、と健太は背後に立つと、莉沙の尻たぼをつかんだ。ぐっと開く。すると、尻の狭間《はざま》に小指の先ほどの穴が見えた。

「それはお尻の穴よ」

と、莉沙が言う。

「えっ、見てるの、わかるんですか」

「わかるわよ。童貞くんの行動はお見通しなの」

尻の穴がひくひく動く。

「僕、もう童貞じゃありません」

「女をイカせられてなくて、なにが童貞じゃないのよ。さあ、立ちバックでイカせてちょうだい」

わかりましたっ、と健太はびんびんのペニスを尻の狭間に入れていく。蟻《あり》の門渡《とわた》りを鎌首が通過するだけで、あんっ、と莉沙が腰をくねらせる。

鎌首が割れ目に到達した。

立ちバックだと入口がとても見やすい。童貞卒業には立ちバック推奨だと思ったが、最初が立ちバックのカップルなんてそうそういないだろう。

健太はそのまま鎌首を押しこんだ。すると、ずぶりと一発でめりこむ。

「あうっ……」

莉沙が上体を反らせる。

健太はずぶずぶと奥まで突き刺した。先端が子宮に当たる。

「ああ、いいわ……びんびんね。健太くんはそれだけが取り柄ね」

「違いますっ。責めも得意にしますっ」

尻たぼをぐいっとつかむと、抜き差しをはじめた。

立ちバックだと、ずぶずぶと突きやすい。

「ああっ、いいわっ。その調子よっ、健太くんっ」

「任せてくださいっ」

健太は調子に乗って、莉沙のおま×こをバックから突きまくる。

「いい、いいっ……」

莉沙の背中が反ってくる。健太は突きながら両手を前に伸ばすと、ニットセーターの裾をつかみ、たくしあげる。そしてブラカップをずらすと、じかにつかんでいった。こねるように揉んでいく。

「いいわっ。健太くん、上出来よっ」

さっき、莉沙が優美のおっぱいをじか揉みしているのを見て、健太もどうしてもじか揉みしたくなったのだ。

揉むとおま×この締まりがさらにきつくなる。その媚肉を突き破るように、健太は突いていく。

「あ、ああっ、イキそう……ああ、イキそうよっ、健太くんっ」

「イッてくださいっ。僕のち×ぽで、イッてくださいっ、莉沙先生っ」

ここだっ。ここで、童貞を卒業するんだ。真の卒業を勝ち取るんだっ。

「もっとおっぱい、揉んでっ」

ぐぐっと背中を反らせて、莉沙が言う。健太はこねるように揉みしだきつつ、激しく立ちバックで突いていく。

「あ、ああっ、イクわっ、ああ、イクわっ」

「イッてくださいっ」

健太はとどめを刺すべく、ずどんっと子宮を突いた。

「ひいっ……イク、イクっ」

ついに、莉沙がいまわの声をあげた。がくがくと身体を痙攣させる。当然おま×こも強烈に締まり、健太も射精させた。

どくどくと凄まじい勢いでザーメンが噴き出す。

立ちバックのまま生徒のザーメンを子宮に受けて、莉沙は続けてアクメを迎える。

「イクイク……」

健太は莉沙のいまわの叫びを聞きつつ、出しつづける。イク、という声を聞きながら中に出すのは最高だった。男として、これ以上の喜びはないのではないか。

それを高校で知ってしまってよかったのかどうか……。

脈動が鎮まった。それでも、ペニスは莉沙の中にある。きゅっきゅっと締めつづけているからだ。

最後の一滴まで絞り出そうとしているようだ。

つながったまま、莉沙が首をねじって、こちらを見た。

「よかったわ、健太くん」

「莉沙先生……」

イッた直後の莉沙の美貌は震いつきたくなるほどきれいだった。

「きれいです、莉沙先生」

「イクと、きれいになるのよ。これからも、どんどんこのおち×ぽでイカせてほしいな」

「イカせますっ、毎日イカせますっ」

うれしいわ、と言って、莉沙がキスしてきた。出したばかりのペニスをおま×こで締めつつ、舌をからめてくる。

極楽だった。唇を引くと、

「これで、童貞は卒業ね」

ようやく卒業証書をもらえた。

第四章　放課後の生徒指導

1

保健室を出るところを、愛華に見られた。

「山田くん、なにしていたの」

と問いつつ、こちらに寄ってくる。

まずいっ。今、ヤッたばかりなのだ。童貞の卒業証書をもらって、にやけているところなのだ。

愛華が正面に立った。品のいい美貌を寄せて、くんくんと健太の匂いを嗅ぐ。

「もしかして、花村先生とエッチしたのかしら」

「まさか……してません……」

健太はかぶりを振る。

「怪しいわね。ちょっと検査をします」

と、愛華が言う。

「検査って……なんですか……」

「おち×ぽ検査よ」

そう言うと、愛華は第一校舎一階の端にあるトイレに向かう。一階は校長室や保健室、そして職員室が並んでいる階だ。

愛華が女子トイレに入った。廊下に立ったままの健太を手招きする。

今、ち×ぽ検査されたら、愛華にばれてしまうと思ったが、愛華にヤッたばかりのち×ぽを見せることに興味を覚えた。

健太は手招きされるまま、女子トイレに入った。愛華が三つ並んでいる個室のいちばん奥に入る。健太も入ると、扉を閉めて、

「出しなさい」

と言った。はい、と健太は学生ズボンをブリーフといっしょに下げていった。

半勃ちのペニスを見て、

「やっぱり、したのね」

と、愛華が言った。

「いいえ、してません」

ヤッたばかりのち×ぽの匂いを愛華に嗅いでほしくて、健太は否定する。

「うそ。いつも、私とふたりきりになるだけで、ここ、大きくさせているでしょう」

清楚な美貌を赤らめつつ、愛華がそう言う。

「してません。信じてください」

愛華がその場にしゃがむ。するとそれだけで、ぐぐっと太くなる。

愛華がペニスに美貌を寄せてくる。すぐに、美貌をしかめた。

「すごく……エッチな匂いがするわ」

「そ、そうですか。それ、我慢汁の匂いです」

「違うわ。ザーメンの匂いもするけど、それだけじゃないわ」

愛華がペニスをつかみ、すうっと通った小鼻を近づける。

「この匂い……お、おま×こね……やっぱり、花村先生としたのね」

愛華が真摯な瞳で、健太を見あげる。

「花村先生は教え子の性欲処理のために、おま×こを貸してくれるんです。小谷先生はお口だけですよね」

「あ、当たり前、です……」

「花村先生は生徒の性欲管理のために、その身体を差し出しているんです」

「口だけの私は……教師として半人前だって言うのね……」

莉沙から言われたことがずっと気になっているようだ。ここは、それを突いたほうがいい。

「そ、そうです……」

「山田くん……」

「小谷先生は、あの、その……教師として中途半端なんです……生徒の性欲のことを心配するのなら、口だけじゃなくて、おま×こも差し出すべきですっ」

調子に乗りすぎたと思ったが、愛華は怒ることなく、ペニスを前にして、真剣な表情を浮かべている。

「私が、その……山田くんと……エッチしたら……花村先生の舐めダルマには絶対ならないって誓えるかしら」

「小谷先生、本気ですか」

「本気です」

と言うと、本気度を見せるためか、健太と莉沙の精汁愛液まみれのペニスにしゃぶりついてきた。

「あっ、愛華先生っ」

根元まで咥え、じゅるっと吸ってくる。

「うんっ、うっんっ」

すぐに清楚な美貌を上下に動かす。

「山田くんは私が担任している生徒なの……養護教諭に……性欲管理をさせるわけにはいかないの」

「口じゃ、いやですよ」

健太は生意気に贅沢なことを言う。すでに莉沙とヤリ、美波にもフェラしてもらって、男として余裕ができていた。その余裕が、強気にさせていた。

「これだけじゃ、だめなの？」

先端にちゅちゅちゅっとキスしながら、愛華が問う。

「だめです」

そう答えると同時に、どろりと我慢汁が出てきた。それには、健太も驚いた。莉沙の口とおま×こに、一発ずつ出してきたばかりなのだ。

「あっ……我慢のお汁ね……」

「そうです。我慢しているんです」

「今、花村先生とエッチしてきたばかりなんでしょう」

「そうですけど、まだたまっているんです」

「そんなに、たまるものなのかしら」

「小谷先生は処女だから、わからないんですよ」

突き放すように言う。

するとと自分の唾液まみれのペニスの真横で、愛華が瞳に涙を浮かべる。

「あっ、すいませんっ。言いすぎましたっ」

「放課後、たまっていて勉強が手につかないのなら、生徒指導室に来て……たまってなかったら、来なくていいから」

そう言うと、愛華は女子トイレの個室から出ていった。

残された健太の鈴口から、どろりと大量の我慢汁が出た。

五時間目は国語だった。男の教師でつまらない。

テキストを開くと、一枚のメモが出てきた。

——放課後、図書室で癒してほしいの。

と書いてあった。

癒し。これは美波だっ。

図書室で癒してって、ぎゅっとしてほしい、ということか。図書室だから、フェラ抜きはないだろうが、キスはできるかもしれない。

美波と学校の中でキスっ。

塾の中でも興奮したが、やっぱり学校の中がいちばんそそる。美波にはしゃぶってもらっていたが、まだキスはしていない。フェラよりキスのほうが可能性が高い。

健太は窓ぎわの美波をちらりと見た。美波はテキストの上に参考書を置き、集中して読んでいる。だが健太の視線を感じたのか、ちらりとこちらを見た。

そして眼鏡のレンズの奥で、ウインクしてみせたのだ。

その瞬間、健太は雷に打たれた。恋をした瞬間、よく雷に打たれたという表情を使うが、それは本当のことだと身をもって知った。

「山田、どうした」

授業を止めて、国語教師が心配そうな目を健太に向けてくる。

「また鼻血か」

隣の男子が言う。

「す、すいません……大丈夫です」

健太は身体を震わせていたが、その震えがなかなか止まらない。電気ショックのようなものか。

五時間目が終わり、六時間目となった。これが終われば、放課後だ。

――放課後、たまっていて勉強が手につかないのなら、生徒指導室に来て。

愛華の言葉が頭をぐるぐるまわる。だが、それとともに、

――たまってなかったら、来なくていいから。

とも言っていた。でも、愛華とヤレるとわかっているのに、生徒指導室に行かないなんて、ありえないだろう。

愛華自身も、健太は来ると思っているだろう。

でも、美波を振ることはできない。美波が僕なんかと図書室で会いたいと誘ってきているのだ。断るなんてありえない。

でも愛華と会えば、エッチができる。確実ではないが、その可能性が高い。

美波とはエッチができるわけではない。そもそも図書室で会うのだ。ひと目を気にしつつ、ぎゅっと抱きしめるくらいだろう。

愛華先生とエッチ。美波とぎゅっ。

健太は迷っていた。というか、美波と会うことに傾いていた。

そんな自分の気持ちに驚いていた。

愛華先生も美波もいいな、と思っていたが今、美波と会うことを選ぼうとしている。

そんなに美波が好きだったのか。

2

放課後になった。

いつもと同じように、美波は鞄《かばん》を手に、すぐに教室を出ていく。クラスメイトとだべったりもしない。廊下に出てから、ちらりとこちらを見た。

眼鏡のレンズの奥の瞳は、待っているから、と言っていた。

あの伊藤美波と学校の中で待ち合わせっ。

愛華に、生徒指導室に呼ばれたときより昂った。

健太も鞄を持ち、立ちあがった。足早に教室を出る。すでに、美波の姿はない。

第二校舎を出て、裏手にまわる。裏手に図書室がある。図書室に入っていく美波のうしろ姿が見えた。ドキドキが止まらない。図書室の中だから、たいしたことはできないとわかっていても、心臓がバクバクしている。

中に入った。静まり返っている。生徒の姿も少ない。健太はずらりと並んだ本棚へと足を向ける。いちばん奥に、美波がいると思った。

奥の手前で、いきなり抱きつかれた。

「あっ……」

健太はよろめいてしまう。

「びっくりしたかな」

健太の胸もとに美貌を寄せて、レンズ越しに見あげている。

うれしそうな笑顔だ。

「驚いたよ」

「こんなこと、しそうにないからでしょう」

「まあね……」

「キスして……」

と言うなり、美波が踵《かかと》をあげて、眼鏡をかけた美貌を寄せてきた。

あっ、と思ったときには、口と唇が触れ合っていた。

美波と図書室でキスっ。

唇が触れた瞬間、健太は金縛りのようになっていた。すでにフェラしてもらっていたが、塾の自習室より学校の図書室のほうが、数十倍興奮した。

美波は唇を押しつけたままでいる。

そうだ。ベロだ。ベロチューだっ。

金縛りが解けた健太は口を開き、舌先で美波の唇を突いた。すると、美波がわずかに唇をゆるめた。すぐさま、舌を入れていく。

「あっ……」

美波が唇を引いた。本棚へと下がっていく。

「ご、ごめん……」

舌はだめなのか。

「ううん……私こそ、ごめんなさい……びっくりしてしまって……」

美波は美貌を真っ赤にさせている。

健太は美波に近寄ると、黒眼鏡のフレームに手をかけた。美波はされるがままに任せている。

黒眼鏡を取った。澄んだ大きな瞳で見あげている。

健太は美波のナマ瞳で見つめられるだけで、暴発しそうになった。

健太は顔を寄せた。すると、美波がわずかに唇を開いた。舌を入れてもいいよ、という合図だ。

健太は口を重ねるなり、舌を美波の口に入れていった。今度は舌を引いたりしなかった。からめていくと、美波も応えてくれる。

美波の唾液は甘かった。とろけるようだ。

一度からめると、美波のほうが積極的になった。

「うんっ、うっんっ」

甘い吐息を洩らし、美波のほうから健太の舌を貪ってくる。と同時に、健太に強くしがみついてきた。健太は舌をからめつつ、制服に包まれた美波の身体を抱きよせた。ぎゅっと強く抱きしめる。

「う、うう……」

火の息が、健太の口に吐きかけられる。

たまらない。このままずっとベロチューを続けていたい。

息継ぎをするように、美波が唇を引いた。唾液が糸を引き、美波がそれを啜《すす》った。

「あっ、ごめんなさい……なんか、はしたないね」

美波が頬を赤らめる。健太はぎゅうしたままだ。制服越しに、美波の胸もとを感じる。意外と豊満なふくらみだ。

「もっと、キスしていいかな」

もちろん、とうなずくと、美波のほうから唇を押しつけてくる。すぐに美波のほうから舌を入れてくる。

「うんっ、うっんっ、うんっ」

ぴちゃぴちゃと、エッチな音がする。

「唾液、たくさん、ちょうだい」

と、健太が言う。

「唾液……私の唾が……欲しいの？」

「欲しいよ」

「じゃあ、舌を出してみて」

と、美波が言う。

健太はその場にしゃがむと、舌を大きく出した。すると、その真上で、美波が唇を開き、唾液を垂らしてくる。健太の舌に、美波の唾液が次々と垂れてくる。健太はそれを口に入れて、ごくんと飲む。

「どう？」

「おいしいよっ」

「私も欲しいな」

と、美波が言う。健太が腰を浮かすと、美波が舌を出してきた。

クラスのクールビューティの伊藤美波が、僕の唾欲しさに、舌を出して待っているっ。できたら、画像に撮って残しておきたい。

健太は唾液を口にためて、美波の舌に向けて垂らしていく。

美波の舌に垂れた。美波が舌を口の中に運ぶ。そして、ごくんと飲む。

「どうかな」

「おいしい……癒される……」

と言う。そして　また舌を出す。

僕の唾なんて飲んで、本当に癒されるのだろうか。でも、美波がそう言って、もっと、と欲しがっているのだ。

健太はまた唾液をためて、垂らしていく。それを美波が受け取り、ごくんと飲む。

そして立ちあがると、抱きついてきた。幸いなことに、放課後の図書室には、ほとんど生徒がいなかった。このいちばん奥の棚は専門書で、人の気配がまったくない。

だから、思う存分、抱き合うことができた。抱き合いつつ、またベロチューをはじめる。

美波の息が荒くなる。癒されるどころか、かなり昂っているように見える。

もしかして、美波の癒されるは、興奮しているという意味なのか。

「ああ、身体が熱いの……どうしてかな」

健太から眼鏡を受け取り、それをかけながら、美波がそう言った。

「それは、その、興奮しているからじゃないかな」

「健太くんも興奮しているの？」

と聞きつつ、学生ズボンの股間をつかんでくる。もちろん、びんびんだ。

「あ、すごい……すごく硬いよ」

「そうだね」

「じかに、触っていいかな」

「僕はいいけど……美波さんはいいの？」

学校の中で名前で呼ぶと、なんか彼女のような気がしてくる。

いや、これは、この状況は端から見れば、恋人どうしのじゃれ合いじゃないのか。

放課後、図書室で待ち合わせて、抱き合って、ベロチュー。

どう考えても、恋人どうしだ。

「健太くん、どうしたの？」

レンズの奥から澄んだ瞳で見つめている。

「えっ……」

「難しい顔をしているから」

「いや、その、これって、その……」

「じかに触るね」

そう言うと、美波が学生ズボンのファスナーを下げてきた。そして、中に手を入れてくる。ブリーフがテントを張っている。それを強くつかんでくる。

「あっ、ああっ」

ブリーフ越しにつかまれるだけで、危うく出しそうになる。

「ズボン下げないと、じかは無理ね」

と言って、美波は大胆にもベルトをゆるめはじめる。

「いや、人が来たら、どうするの」

「どうしようかしら。私は大丈夫よ」

と言って、美波が笑う。なんか美波はハイになっている。

「じかはだめなのかな」

と、美波が言う。

「いいよ。じか、いいよっ」

じかで握れば、そのままフェラへと進むはずだ。美波は学校の中での秘戯にかなり昂っている。優等生ほど、一度たがはずれると、大胆になるものだ。

美波がベルトをはずし、学生ズボンとブリーフをいっしょに下げた。

はじけるようにペニスがあらわれる。

図書室でち×ぽを出す緊張よりも、美波の前に出す興奮のほうが勝っていた。

「あっ、すごいっ」

さっそく美波がペニスを握ってくる。

「硬いよ。ああ、やっぱり、おち×ぽ握ると落ち着くね」

と、美波が言う。

「僕は美波さんに握られて、興奮しているよ」

そう言うなり、どろりと我慢汁が出てきた。

「あっ、これって、我慢のお汁だったよね」

「そうだね」

「ごめんね、エッチできなくて……」

と、美波が言う。

「い、いや……」

「健太くんとは、その……まだ、つき合っているわけではないよね」

ペニスをゆっくりとしごきながら、美波がそう言う。

「そ、そうだね……」

「やっぱり、つき合っている人じゃないと……エッチはしてはだめだと思うの」

「そうだね」

さらに我慢汁が出てくる。

「健太くん、なんかつらそうだね」

「そ、そうだね……」

美波がしゃがんだ。そして唇を先端に寄せると、ぱくっと咥えてきた。

「ああっ」

思わず、大声をあげてしまう。

美波が唇を引きあげて、しいっと人さし指を自分の唇に当てる。そこには、我慢汁がついていた。それを見て、あらたな我慢汁を出してしまう。

美波がふたたび先端を咥えてきた。苦しそうな表情を浮かべつつも、根元まで呑みこんでくる。そして、そのままで強く吸ってきた。

「ああっ、それだめだよっ」

また大声をあげてしまう。

美波が根元まで咥えたまま、レンズの奥から、だめ、と目で告げている。

その目に健太は昂った。

あっ、と思ったときには、暴発させていた。

「うっ、うぐぐ……うぐぐ……」

予想していたのか、美波は驚きの表情を浮かべることなく、ザーメンの噴射を口で受ける。どくどく、どくどくと昼間莉沙相手に二発出したのがうそのように、大量のザーメンが出る。

美波はそれを、口を引くことなく、受けつづけている。最初が顔射、次は口内発射。

美波はよく受けてくれていると思った。

ようやく、脈動が鎮まった。

美波が唇を引いた。制服のポケットからハンカチを出した。花柄の愛らしいハンカチだ。それを美波がひろげた。

「あっ、そこに出すのは、汚いよっ」

健太が止めるなか、美波が自分のかわいいハンカチに向けて、どろりとザーメンを垂らしていく。

「美波さん……」

飲んでくれるのも興奮したが、自分の持ち物にザーメンを出すのも、美波を汚しているようで昂った。

「たくさん出たね」

「ごめんね、勝手に出して」

「ううん……ありがとう、健太くん」

と言うと、ちゅっと先端にキスしてきた。

萎えかけていたペニスに、あらたな劣情の血が集まった。

3

美波といっしょに、図書室を出た。

「急ごう。ちょっと遅れそう」

と、美波が言う。健太は正門前で、

「忘れ物を思い出したよ。美波さん、先に行ってて」

と言うと、校舎に足を向けた。

忘れ物はなかった。愛華に会うために、学校に残ることにしたのだ。

美波の口に出していたが、ハンカチにザーメンを出す姿を見て、すでに昂っていた。

その興奮がなかなか鎮まらない。

愛華にこの興奮をぶつけようと思ったのだ。

まだ生徒指導室にいるかどうかわからない。

――放課後、たまっていて勉強が手につかないのなら、生徒指導室に来て。

――たまってなかったら、来なくていいから。

と言っていた。健太が姿を見せないと、たまっていないと思うかもしれない。

たまっていますっ、愛華先生っ。莉沙先生の口とおま×こに一発ずつ出して、美波の口に一発出しても、たまっていますっ。

健太は第三校舎に向かって走っていた。第三校舎の階段を四階まで一気に駆けのぼる。四階に愛華がいるからできることで、やはり女の力はすごい。

四階に着いた。生徒指導室の扉が並んでいる。そのいちばん奥の扉が開き、愛華が出てきた。

「小谷先生っ」

健太は声をかけ、駆けよっていく。

「すいませんっ、遅くなってしまってっ」

「あら、すごい汗ね」

愛華がジャケットのポケットからハンカチを出した。

それを見て、ザーメンを出した美波を思い出し、一気に勃起させる。

愛華がハンカチを健太の額に当ててきた。そして、首すじの汗も拭いてくれる。

「あ、ありがとう、ございます……」

「もう来ないのかと思ったわ」

「すいません……」

愛華がいきなり学生ズボンの股間をつかんできた。

「あっ、やっぱり、たまっているのね」

「はい。たまっていますっ」

「昼休み、花村先生に出しても、放課後にはこんなにたまるのね」

学生ズボン越しに愛華につかまれ、さらにびんびんになっている。

「たまります」

「仕方がないわね……」

そう言うと、愛華は生徒指導室へと戻った。健太も入っていく。

すると、愛華のほうから抱きついてきた。唇を口に押しつけてくる。

「せ、先生……う、ううっ、うんんっ」

舌を入れられ、健太の声がうめき声に変わる。

愛華は積極的に舌をからめてくる。もしや待たされた時間で、愛華も昂っていたのか。すぐに来ると思っていた教え子がなかなか姿を見せずに、じれてしまったのか。

愛華はなおも舌をからませながら、学生ズボン越しにペニスを強く握ってくる。

健太はジャケットのボタンをはずしていく。そして、あらわになったブラウスの胸もとをむんずとつかんでいった。

「あっ、ああっ……」

愛華が唇を引き、あごを反らして甘い声を洩らした。

そんな反応に煽られ、健太は強くブラウス越しに揉んでいく。

「あ、ああっ、だ、だめ……だめよ……」

愛華が火の息を吐く。敏感な反応に煽られ、健太はブラウスのボタンに手をかける。

「だめ……」

愛華が教え子の手首をつかんでくるが、それは形だけのものだった。

健太はブラウスのボタンをはずしていく。すると、フルカップに包まれた豊満なふくらみがあらわれる。

「こんなブラじゃ窮屈でしょう、明日から、ハーフカップで授業をしてください」

と言いつつ、健太はブラカップ越しに揉みはじめる。

「あっ、ああ……だめ……教師と生徒が……こんなこと、やっぱりだめ……」

「だめって、小谷先生から呼び出して、小谷先生からキスしてきたんですよ。しかも、ベロチューですよ」

そう言いながら、揉みつづける。

「ああ、知らないわ……私からなんて……してないわ」

「教師のくせして、うそつくんですか」

健太はブラカップをぐっと引き下げた。と同時に、たわわなふくらみがこぼれ出てくる。愛華の乳首はすでにつんとしこっていた。どうやら、これがブラカップに強くこすれて感じていたようだ。

「乳首、勃ってますね、小谷先生」

「う、うそ……勃ってないわ」

愛華の乳首は淡いピンク色だった。それがこれ以上とがりきれないくらいしこっていた。色が清楚なだけに、とがりかたとのギャップがそそる。

「ほら、勃ってますよ」

健太は愛華の乳首を摘まんだ。

「あっ……」

摘まんだだけでも、敏感な反応を見せる。処女だが、大学を卒業した大人の身体だ。充分成熟しているのだ。

「ほら、勃ってますよね」

と言って、右の乳首をこりこりところがす。

「あっ、ああ……だめ……そんなこと……してはだめ……」

だめ、と言いつつも、愛華は強く拒まない。教え子に乳首をいじられ、火の息を吐いている。

もしかして、健太の性欲処理をすると言いつつ、自分の火照った身体を沈めるために、生徒指導室に呼んでいるのかもしれない。

健太は左の乳首に吸いついていった。じゅるっと吸うと、

「はあっ、あんっ」

愛華が甘い喘ぎを洩らす。そのまま吸いつつ、右の乳首を軽くひねっていく。

「あうっ、うう……」

「小谷先生、乳首、すごい敏感ですね」

「はあっ、知らない……」

「もしかして、自分でしているんですか」

「しないわ……オナニーなんて、しないわっ」

愛華が強く否定する。

どうやら、オナニーしているようだ。

清楚系美人教師が、オナニーしているっ。

健太はちゅうちゅうと左の乳首を吸いつつ、右の乳房をじかにつかんだ。今度はじか揉みだ。

「あ、ああ……だめだめ……」

愛華は火の喘ぎを洩らしつづける。

健太が学校内での秘戯に昂っているように、愛華も学校内だから、異常な興奮を覚えているのかもしれない。

「すごく感じやすいんですね」

「違うの……ああ、これは、私じゃないの……私からキスするなんて……変なの……ああ、今も山田くんにおっぱい揉まれて、ああ、感じるなんて、ありえないの」

愛華はかぶりを振っている。

健太は左右の手で、左右の乳房を鷲づかみにし、こねるように揉んでいく。

「はあっ、ああ……ああ、だめ……こんなこと、だめ……」

だめ、というたびに、感度があがっていく気がする。眉間の縦皺が深くなっていく気がする。

「おま×こ、ぐしょぐしょなんですか、小谷先生」

と、健太は聞く。

「なにを言っているの……私は濡らしたりなんかしないわ」

「うそばっかり。じゃあ、確かめてみますね」

と言うと、健太はその場にしゃがんだ。スカートのフロントボタンに手をかける。

「だめっ」

またも、愛華が健太の手をつかんでくる。だが、これまた形だけだ。

簡単にフロントのボタンをはずした。そして、サイドのファスナーを下げていくと、スカートが下がっていく。

パンストに包まれた下半身があらわれる。さすがに莉沙のように、いきなり恥毛があらわになることはなかった。

ベージュのパンスト越しに、パンティが透けて見えている。愛華らしい、純白パンティだ。だが、大人の女性らしく、ただの白ではなく、オールレースとなっている。

健太はパンスト越しに、愛華の恥部に触れる。

「だめっ」

いきなりクリトリスを直撃したようで、愛華の身体がぴくっと反応した。

ここだ、と健太はそのまま指の腹で押す。

「あ、ああっ、だめだめっ」

清廉な処女教師でも、クリトリスは弱点のようだ。

健太はパンストとパンティ越しに、クリトリスを摘まもうとする。

「だめ……だめ……」

愛華はずっと、だめ、しか言わない。だめ、と言いつつ、教え子の愛撫に感じつづけている。

健太はパンストとパンティ越しに愛華のクリトリスを摘まんだ。

「あっ……」

愛華の腰がぴくぴく動く。

じかに摘まみたくて、パンストを剝き下げていく。

「だめっ」

パンティがあらわれた。レースから恥毛が透けて見えている。

パンティにも手をかける。

「いけないわ……こんなこと……いけないわ……」

愛華はかぶりを振っている。だが、見下ろす瞳は潤んでいた。表情がいつものきりりとした愛華とは違って、おんなの顔になっている。

愛華先生もおっぱい揉まれてクリをいじられると、こんなエッチな顔をするんだ。

健太はパンティも引き下げた。

愛華の恥部があらわになった。陰りは薄く、処女の扉が剝き出しとなっている。

「いやっ」

愛華がすぐさま、両手で隠した。

「見えないですよ、小谷先生」

「だめ……あなたは教え子なのよ……教師のそんなとこ、見てはだめ」

「おま×こ、ぐしょぐしょにさせているんですね。それを知られたくないんでしょ」

「な、なに言っているの……濡らしてなんかいません……私は濡らしませんっ」

「じゃあ、見せてください。濡らしていないと証明してください」

「そ、それは……」

「教え子とベロチューしておま×こ、ぐしょぐしょなんでしょう。おま×こしたいんでしょう」

「まさか……」

「さあ、手をどけてください」

愛華の両手首をつかみ、左右に開いていく。愛華は逆らわなかった。

あらためて、健太の前に愛華の割れ目があらわれる。

「きれいな割れ目ですね」

「い、いや……見ないで……」

愛華は両足をくの字に折って、くなくなさせている。全身で恥じらっている。

「きれいだって、言われるでしょう」

「はじめてよ……山田くんが……はじめて、見ているの」

「そうなんですね。光栄です」

きれいですよ、と言って、すうっと通っている秘溝を、そろりと指先で撫でていく。

「あっ、だめっ」

愛華が腰を引いた。

「逃げるんですか」

「逃げないわ……濡らしていないから……私は教師よ……」

「そうですね。小谷先生が濡らすわけないですよね」

と言いつつ、今度はクリトリスをじかに摘まんだ。

「あっ、あうっんっ」

愛華がぴくぴくと腰を動かす。処女でもやっぱり、クリが急所だ。

健太はこりこりところがしていく。

「はあっ、ああ……あんっ……やんっ」

やっぱり、じかいじりは効いている。

愛華の声が甘くからむようになっていく。気のせいか、股間から、おんなの匂いが漂いはじめた。

もしや、このぴっちり閉じた割れ目の奥から、にじみ出てきているのだろうか。

「なんか、エッチな匂いが小谷先生の割れ目から匂ってきます」

健太はクリをいじりつつ、そう言う。

「えっ、うそ……ありえないわ」

「このなか、なんか、すごいことになっているんじゃないですか」

処女の肉扉に指を添える。

「開けますよ」

「い、いいわ……濡らしてなかったら、もう二度と、花村先生としないって約束できるかしら」

品のいい美貌を真っ赤にさせて、愛華がそう聞く。

「濡らしてなかったらですか」

「そう」

「約束します」

濡らしていないなんて、絶対ないと思った。清楚な愛華でも、クリをいじられれば、ぐしょぐしょにさせるのだ。

「約束よ」

「開きます」

と言うと、健太は愛華の割れ目を開いていった。

4

健太の前に、愛華の花びらがあらわれた。

「あっ、すごいっ」

ピンクだった。まったく汚れを知らない、ピュアなピンクだ。

愛華のことをまったく知らなくても、このおま×こを見たら、処女だとわかる清廉な花びらだった。

「きれいです。すごくきれいです、愛華先生」

興奮して、思わず担任教師を名前で呼んでしまう。だが、愛華のほうは極度の羞恥の中にいるようで、名前で呼ばれたことも気づいていないようだ。

「濡らしていますよ。ぐちょぐちょです」

そう言うと、うそ、と愛華が言う。

「自分でおま×こ、見てくださいよ」

と言うが、恥ずかしい、と愛華は見ようとしない。

「じゃあ、僕とベロチューして、おま×こぐしょぐしょさせた教師だと認めますか」

「濡らしてないわ……」

どろどろに濡れた花びらが、きゅきゅっと誘うように動く。

さらに割れ目を開くと、薄い膜のようなものが見えた。

これが、処女膜かっ。

じっと見ていると、突き破りたくなってくる。

僕のち×ぽで愛華先生の膜を突き破りたくなってくる。

健太は立ちあがった。学生ズボンのベルトをゆるめ、ブリーフといっしょに下げた。

さっき、美波の口に出したのがうそのように、びんびんに勃起させたペニスがはじけるようにあらわれた。先端はすでに我慢汁で真っ白だ。我慢汁の量が凄まじいことになっている。

やはり、処女膜の威力はすごい。入れたい、と思っただけで、射精したように我慢汁が出ている。

「ああ、たまっているのね」

「そうですよ。昼休みに出したくらいでは、すぐにたまるんです」

さっき、図書室で伊藤美波の口に出したばかりだと知ったら、愛華は卒倒するだろう。

「愛華先生の中に出したいです」

と言うなり、健太は愛華に抱きついた。そしてすぐさま、我慢汁まみれの鎌首を、愛華の割れ目に当てていく。

「だめよっ。なにするのっ」

「花村先生は生徒の性欲処理のために、おま×こを差し出しているんですよっ。愛華先生も差し出すんですよねっ」

「そ、そうだけど、だめっ」

してもいい、と言いつつも、だめだと腰をくねらせる。童貞を卒業したとはいっても、莉沙相手に数回ヤッただけだ。

逃げる入口にハメられるテクは持っていない。

何度も割れ目を突くが入らない。そのうち、あせりが先に立ち、萎えはじめる。

すると愛華がペニスをつかんできた。唇を押しつけ、舌を入れながら、しごきはじめる。

「う、ううっ、うんっ」

これはどういうことなのか。萎えたら、大きくさせようとしてくる。

やっぱり、入れてほしいのか。それとも、射精に導きたいのか。

「愛華先生、おま×こ以外はだめですよ」

「えっ……」

「ただ、ザーメンを出せば、すっきりするものじゃないんです。手でも口でも違うんです。やっぱり、おま×こに出してはじめて、すっきりして、勉強に集中できるようになるんです」

これは正論だった。愛華とヤリたいだけで、身勝手な論理を展開したはずだったが、間違ってはいない。

「手で処理しようなんて、半人前の教師ですね」

愛華が気にしていることを、わざと口にした。愛華を傷つけることは本意ではないが、ヤルためには手段を選ばない。

すぐそばに、処女膜があるのだ。このチャンスを逃してはならない。

「私は半人前じゃないわっ。教え子のためなら、この身体を差し出してもいいわっ」

愛華が大声をあげる。

「じゃあ、入れていいんですね」

「い、いいわ……」

愛華がうなずく。

そして、足からスカート、パンスト、そしてパンティを脱ぐと、生徒指導室の床に仰向けになった。

「さあ、入れて……」

と、愛華が言う。

「ああ、愛華先生……」

上半身はバストをあらわにさせつつも、ジャケットもブラウスも着ている。それでいて、下半身はまる出しだ。

これがあの清楚な処女教師の姿だとは思えない。

「どうしたの、山田くん……私で、性欲処理、したいんでしょう」

愛華こそ、どうしたのだろう。半人前と言われるのがそんなに悔しいのだろうか。やはり、莉沙と対抗しているのか。

健太は腰を下ろすと、愛華の両膝を立てた。そして、ぐっと開く。

それでも、処女の扉は閉じたままだ。さっき突きまくった名残で、我慢汁があちこちについている。それがまたエロい。

健太は止め処《ど》なく出てくる我慢汁まみれの先端を、愛華の入口に当てる。

愛華は震えていた。

入れていいのだろうか。僕は彼氏でもないのだ。でもここまで来て、入れない選択はない。

鎌首をぐっと進める。すると、今度は一発でめりこんだ。

「あっ……」

ふたり同時に声をあげる。

健太はそのまま鎌首を進める。すると、愛華の肉の襞に包まれた。先端に薄い膜を感じた。

これだ。これを突き破れば、愛華先生の処女をものにしたことになるんだっ。

健太も身体を震わせていた。お互い身体を震わせつつ、健太は鎌首を進めた。

「う、ううっ、い、痛いっ」

愛華の処女膜はあっさりと突き破られた。と同時に、鎌首に肉の襞が貼りつき、ぐぐっと締めはじめた。

「あうっ、きつい、おま×こ、きついっ」

「うう、痛い……」

愛華の眉間に深い苦悶《くもん》の縦皺が刻まれている。

健太はぐいっと鎌首を進める。窮屈な穴をえぐっていく。

「裂けちゃうっ」

愛華が叫ぶ。

健太はさらに突き入れていく。奥に行けば行くほど、穴は極狭になっていく。だが、狭くても、健太の鎌首を受け入れてくれる。

「う、うう……」

愛華はあぶら汗をかいていた。愛華の身体全体から、甘い汗の匂いが立ち昇りはじめる。

七割まで入れたところで、健太は止めた。

「痛みますか」

うん、と愛華がうなずく。子供のようだ。愛華と年齢が逆転したような気がした。

「突いていいですか」

「ううん……しばらく、じっとしていて……」

わかりました、とうなずく。愛華のおま×こは強烈に締めてきている。動かなくても充分感じる。いや、動かないほうが、長い時間愛華の中に入っていることができる。

「どうですか、ち×ぽ」

「ああ、感じるわ……山田くんのおち×ぽ……私の身体の奥で感じるの……ああ、こうしているだけで……すごく満ち足りた気分になるの」

「満ち足りた……」

「そう。やっぱり……女の人の穴は……塞がれるためにあるのね」

と、愛華が言う。

「僕もそう思いますっ。ち×ぽって、女の人の穴に入れるためにあるんです。しごくためじゃないですっ」

「ああ、クリ……いじって……まだ、おま×こ、痛むから」

恥ずかしそうに、愛華がそう言う。健太はクリトリスに目を向けた。割れ目は鎌首の形に開き、呑みこんでいる。

ああ、愛華先生に入れているんだ、と視覚的にも確認する。

クリトリスを摘まんだ。

「ああっ」

愛華が甲高い声をあげた。おま×こがぎゅぎゅっと締まり、

「おうっ」

と、健太も大声をあげる。

「だめ……外に洩れるわ」

「すいません……」

と謝りつつ、クリトリスをこりこりところがしていく。

「ああ、ああっ、感じるのっ、ああ、クリ、すごく感じるのっ」

愛華が下半身をくねらせはじめる。眉間の縦皺がさらに深くなるが、痛みのせいだけではなくなっていた。

「ああ、締めすぎですっ、愛華先生っ」

「わからないわっ。ああ、締めているの。今、山田くんのおち×ぽ締めているの？」

「締めてますっ、すごく締めてます」

健太は思わず、クリトリスから指を引いた。

「あんっ、だめ、もっとクリ、いじっていて」

愛華が鼻を鳴らしてねだってくる。

そんな愛華に興奮する。健太はクリトリスを摘まみ、いじりつつ、鎌首を動かしはじめた。

ぴたっと貼りついた肉襞といっしょに、前後させていく。

「あうっ、ううっ……」

愛華は痛そうな表情を浮かべる。だが、やめてとは言わない。

「大丈夫ですか」

「うん……大丈夫よ……そのまま動かして……」

さらにあぶら汗が噴き出し、お腹や太腿に汗の雫《しずく》が浮きあがっている。

健太はゆっくりと、ち×ぽを前後させる。

「あうっ、うう……」

愛華の媚肉は大量の愛液にまみれていた。だから傷つけることなく、ち×ぽを動かすことができた。

「ああ、キスして……健太くん」

愛華がはじめて、名前で呼んできた。

「愛華先生っ」

つながったまま、健太は上体を倒していく。愛華が両手を伸ばしてきた。

口と唇が重なる。すぐさま、愛華のほうからぬらりと舌を入れてきた。

「うっ、うんっ、うっんっ」

愛華の唾液の味が濃くなっていた。

今、愛華先生の下の口も上の口も同時に塞いでいるんだ。愛華先生の穴とふたつともつながっているんだっ、と健太は感動する。

「あうっ……」

愛華がうめいた。

「痛みますか」

「今、また、私の中で、健太くんのおち×ぽ、大きくなったの」

「そうですか」

「ああ、おち×ぽを、おま×こで感じるって、幸せなのね……こんな幸せなこと、二十三になるまで知らなかったなんて……う、うう……もったいなかったわ」

「これから、どんどんエッチをしましょう、愛華先生」

「だめよ……どんどんしたら……健太くんが萎《しぼ》んでしまうわ」

「まさか、一日、三回出しても、すぐに我慢汁が出てくるんですよ」

「そうね。すぐにたまる年頃なのね」

「すぐたまるから、こうして愛華先生の穴に出さないといけないんです」

と言うと、健太は腰を動かしはじめた。今度はたわわな乳房をつかみ、いっしょに揉みしだいていく。

「あうっ、うう……はあっ、うう……」

愛華が火のうめきを洩らす。痛いだけではなくなっているようだ。おま×この締めつけにも、柔らかみが出はじめた。

ただ締めつけるのではなく、ち×ぽを味わうように締めている感じがした。

「あ、ああ……気持ちいいわ、健太くん」

「そうですか」

「ええ……ううっ、もちろん痛いんだけど……あうっ、うう……気持ちよくもあるの……痛いけど、気持ちいいの」

健太は腰を動かしながら右手で乳房を揉みつづけ、左手であらためてクリトリスを摘まんだ。突きに合わせて、ころがしていく。

「ああっ、ああっ……」

愛華の表情が変わった。あきらかに感じている顔になる。

「いいわ……ああ、もっと強く動かして……」

健太は思いきって、ずぶりとえぐっていく。

「あうっ……」

愛華が痛そうな表情を浮かべる。

「すいません。痛かったですか」

「ううん。いいの。やめないでっ、ずっと突いていて」

健太は言われるまま、ぐぐっとえぐっていく。

「あう、うう……うう……」

愛華は痛みと快楽の狭間にいるような顔になる。あるときは痛みが勝り、次の瞬間、快感が勝る。

「ああっ、愛華先生っ」

そんな愛華の表情を見ているだけで、健太の射精が近くなる。

「出そうですっ」

「えっ、もう……」

「すいませんっ。愛華先生の顔がエロすぎてっ、おま×こがきつすぎてっ」

あっ、出るっ、と叫ぶと、健太は射精させた。

「あっ……ああ……」

愛華の無垢《むく》な花びらが汚されていく。教え子のザーメンで白く染められていく。

愛華はそれを、うっとりとした顔で受け止めてくれる。

「先生っ、愛華先生っ」

健太は感激と感動で涙を浮かべながら、腰を振りつづけ、射精しつづけた。さっき図書室で美波の口に出したのがうそのように、大量のザーメンが出ていた。

5

ようやく、脈動が鎮まった。

「たくさん、出たね……」

と、愛華が言う。

「すいません……勝手に、中に出してしまって……」

「ううん。いいのよ……これで、すっきりしたでしょう」

「はい。すっきりしました。ありがとうございます、愛華先生」

中出ししたまま、口を押しつけると、愛華はベロチューで応えてくれた。

ペニスが愛華のおんなの穴から押し出された。

半萎えのペニスは、ザーメンまみれだったが、あちこちに鮮血が混じっていた。

破瓜《はか》の証《あかし》を見て、ペニスがぐぐっと力を帯びてくる。

「えっ、どうして、もう勃ってきたのかしら」

上体を起こして教え子の股間を見た愛華が目を見張る。

そんな愛華を見て、ますます勃起の角度があがっていく。

「すっきりしたはずよね」

「そうでもないみたいです」

「そんな……」

愛華の割れ目はすでに閉じていた。

だが、割れ目にはあふれたザーメンがついている。

「愛華先生、中をきれいにしないと」

と言って、割れ目に指を添えると、ぐっと開いた。どろりと大量のザーメンがあふれ出てくる。

「ああ、恥ずかしい……」

愛華が両手で股間を隠そうとする。

「舐めて、きれいにしてあげますよ、愛華先生」

「えっ……舐めるって……」

健太は愛華の股間に顔を寄せていく。ザーメンの臭《にお》いがしたが、それだけではない。発情したおま×この匂いと破瓜の血の匂いが混じっている。

異常な興奮状態の健太は、愛華のおま×こに舌を入れていく。

「あっ、うそっ……」

女になったばかりの花びらをザーメンごと舐めていく。

「あ、ああっ……」

愛華が下半身を震わせる。

健太はぞろりぞろりと花びらを舐めていく。瞬く間にザーメンは舐め取り、すぐにピンクの花びらがあらわになる。

「はあっ、ああ……ああ……だめだめ……そんなとこ、舐めては、ああ、だめ」

あらたな愛液がにじみ出て、ザーメンの味を消してくれる。

破瓜直後のおま×こは、全身の血が沸騰するような味だった。

「汚いです……」

「う、ううっ」

健太はぺろぺろ、ぺろぺろと舐めていく。おいしいです、というときすらもったいない。当然、またもやペニスが大きくなってくる。

まだすっきりしていないのだ。そもそも、すっきりするということはあるのだろうか。目の前に、そそる女体がある限り、ずっとムラムラしている気がした。

ようやく、健太は愛華のおま×こから顔をあげた。

健太の顔を見て、愛華がうふふと笑う。

「どうしたんですか」

「だって……お口のまわり……べとべとだから」

そう言うと、愛華が美貌を寄せてきて、健太の口のまわりの愛液を舐めはじめた。

そのままキスへと移行する。さっきまでと、愛華の舌の動きが変わったような気がした。

「まさか、健太くんが、私の最初の男性になるなんて……」

「ありがとうございます。愛華先生のはじめての男になれて、すごくうれしいです」

「教え子とこんな関係になる教師は最低だと思ってきたんだけど……私が、その最低な教師になってしまったわ……」

「すいません……」

「ううん。後悔していないのよ。むしろ、うれしいの」

愛華が唇を押しつけ、ぬらりと舌を入れてきた。

教師と生徒ではなく、ひとりの男と女の熱がこもったキスとなった。

第五章　夜の教室

1

翌日の三時間目が、愛華の授業だった。

愛華はいつもと変わりなく授業をしていたが、一点、変化があった。がっちり閉めていたジャケットの前を開けたまま教室に入ってきて、授業をはじめたのだ。しかも、すぐにジャケットを脱ぎ、ぱんぱんのブラウスの胸もとを見せつけていた。

健太は今にもボタンがはじけそうな愛華の胸もとを見つめつつ、昨日、愛華先生とヤッたんだ、処女花を散らしたんだ、と感慨に耽《ふけ》っていた。

まったく授業は耳に入っていない。それはまわりの男子も同じようだった。久しぶりに見るぱんぱんの胸もとを惚《ほう》けたような目で見ている。

愛華の場合、巨乳をジャケットで隠したら隠したで中身を想像して興奮し、ブラウスの胸もとを見せたら見せたで、その圧倒的なボリュームに興奮してしまう。どっちにしても、ヤリたい盛りの男子たちには目の毒なのだ。

授業の途中で、アクシデントが起こった。

板書していた愛華がこちらに向き直ったとき、教壇から片足を滑らせたのだ。よろめきはしたものの、教卓に手をついて、倒れることはなかったが、そのとき、

「あんっ」

と、甘い声をあげたのだ。

それが静まり返った教室の中に、やけに大きく響いたのだ。

乳首、勃たせていたんだ。それがブラカップにこすれて、感じてしまったんだっ。

これまでも、授業に集中するあまり、教壇から片足を踏みはずしてよろめくことはあった。でも、喘ぎ声をあげることはなかった。

はじめてだった。やはり昨日、女になったからだ。健太のち×ぽが愛華の中に入り、子宮にザーメンを浴びせたからだ。

愛華は大人の女性だ。だから、ザーメンを受けてひと晩で、感度がぐっとあがったのだ。

愛華が健太を見つめてきた。なじるような目を見て、健太は射精しそうになっていた。


昼休み、健太は弁当を食べながら、窓ぎわの美波をちらちらと見ていた。美波はいつもひとりで弁当を食べて、すぐに教室を出ていた。図書室で本を読んでいるという話を、男子たちから聞いていた。

美波が席を立った。いつもは教壇の真横を通るのだが、今日は、健太の前を通っていった。そして教室を出るとき、振り返り、こちらを見た。

レンズの奥の大きな瞳は、待ってるから、と告げていた。

健太は我慢汁をどろりと出していた。

弁当をかきこみ、健太も追うように教室を出た。図書室に向かう美波のうしろ姿が見えた。

図書室に入る前、美波が振り返った。そして、中に入る。

健太は小走りに向かった。昼休みの図書室は意外と生徒たちがいた。机がずらりと並んでいるのだが、半分ほど埋まっていた。自習している生徒が多かった。

そこに美波の姿はなかった。また、本棚のいちばん奥にいるようだ。

健太は奥へと向かう。すると奥からひとつ手前の本棚から美波が抱きついてきた。

「あっ、美波さん」

健太はあわてて机が並んでいるほうを見る。

美波が眼鏡をはずし、美貌を健太の胸もとにぐりぐりと押しつけてくる。

健太はあわてて、本棚へと美波を押しやっていく。

「ああ、ぎゅっとして。強くぎゅっとして、健太くん」

美波に言われ、健太は制服越しに美波を抱きしめる。

「ああ、ああ……ずっとこうされることを思っていたの……ああ、健太くんとのぎゅうや、キスや、おち×ぽのことを思って、もう授業がぜんぜん耳に入ってこないの」

どうしたらいいのかな、と胸もとから引いて、美波が見あげている。

やっぱり眼鏡を取ると、びっくりするくらいの美少女となる。

「僕も美波さんのことばっかり思っていたよ」

これはうそだった。授業中は、愛華のことばかり思っていた。やっぱり、エッチしたからだ。

「本当？」

美波が疑うような眼差しを向けてくる。澄んだ美しい瞳だけに、すべて見すかされてしまいそうな気がする。

その狼狽《うろた》えが表情に出たのだろう。

「小谷先生のことを思っていたんでしょう」

と、美波が聞く。

まさか、クラス一のクールビューティに、嫉妬の目を向けられるとは……。

「思ってないよっ。美波さんのことだけ思ってたよ」

「うそ。うそ、うそっ」

美波が健太の胸もとをたたいてくる。そして、その場に膝をつくと、学生ズボンのベルトをゆるめはじめた。

「だ、だめだよっ。人がいるよっ。見られるよっ」

美波が学生ズボンとブリーフをいっしょに下げていく。勃起したペニスがはじけるようにあらわれた。

「人が来ても、恥をかくのは健太くんだけだよ。私はすぐに離れて、知らないふりするから」

美波が小悪魔のような目で、そう言う。

えっ。さっきまで嫉妬していたかわいい子猫だったのに、もう小悪魔になるのっ。

「ほらっ、美波さんとぎゅっとしたから、こんなに大きくなっているんだよっ」

「うそ。小谷先生の大きなおっぱいを思って、こんなにさせているんでしょう。

美波の美貌の前で反り返ったペニスを、ぴんとはじく。

「痛いっ」

思わず、大声をあげてしまう。静かな図書室では、やけに大きく響く。

健太は急いで、学生ズボンとブリーフを引きあげようとする。

するとそれを阻止するように、美波がペニスを咥えてきた。いきなり胴体まで呑みこんできて、吸いはじめる。

「ううっ……」

ち×ぽがとろけそうな快感に、健太は震える。

美波はさらに根元まで咥えこんでくる。少し苦しそうだが、その顔がまたそそった。

「うんっ、うっんっ」

強く吸いつつ、美貌を上下させてくる。

「あ、ああっ、だめだよ……出そうだよ」

美波の口に出そう、と思ったとき、とつぜん唇を引きあげた。

美波の前でペニスがひくつき、先走りの汁がどろりと出る。

「美波だけを思っていない罰よ、健太くん」

と言いつつも、裏スジを舐めてくる。

「ああっ、出そうだよっ」

「だめよ」

と言って、裏スジだけを舐めつづける。

「ああっ……」

出るっ、と叫ぶ前に、またも美波が舌を引いた。

「美波だけを思ったら、お口で受けてあげるわ」

「美波さんだけを思っているよっ」

実際今は、美波のことしか思っていない。美波の口に出すことしか……。

美波が立ちあがった。

「かわいそうになってきた」

と言って、ちゅっとキスしてくる。

これだけの刺激でも暴発させそうだ。実際、先走りの汁がどんどん出ている。

「咥えて。ああ、出そうなんだっ」

「美波のお口にそんなに出したいの？」

「出したいっ。出したいよっ」

健太は泣いていた。

「好き……」

頬を赤らめて、そう言うと、美波がしゃがんできた。

ぱくっと咥えてくるなり、健太は射精していた。

懸命に声をこらえつつ、凄まじい勢いで射精させる。

「う、うぐぐ……うう……」

美波は口を引くことなく、喉で受けている。

美波に、好き、と言われた瞬間、暴発してもおかしくなかった。図書室の中で美波の制服にかけてはだめだ、という一心で、ぎりぎり射精を耐えていた。

だから、美波が咥えるとすぐに出していた。

好きっ。美波さんが、僕を好きっ。

どくどく、どくどくと出しつつ、健太は感激にあらたな涙を出す。

好きということは、つき合えるということだ。つき合わないと、エッチはできない、と美波は言っていた。つき合ってください、と言うのだ。

美波がオーケーしてくれたら、エッチができるっ。

ようやく脈動が鎮まった。昨日出しまくっていたが、ひと晩寝るとたまるようだ。

美波が唇を引いた。待ちきれなくて、

「つき合ってくださいっ」

と、勢いのまま言っていた。

美波が口に含んだまま、健太を見あげた。どうして今、という目をしている。

その目で、最悪の瞬間に告白したことに気づく。美波とヤリたい一心で、美波の口に出したばかりだということすら頭から消えていたのだ。

「あっ、ごめんっ。ああ、出してっ、ぺって出してっ」

美波が立ちあがった。まだ、口に含んでいる。

そして、人さし指を一本立てた。健太を見つめる瞳は、もう一度言って、と告げている。

「ああ、こんなときだけど……あの、僕も美波さんが好きですっ。大好きです。つき合ってくださいっ」

美波は健太をじっと見つめたまま、ごくん、と喉を動かした。

「あっ、飲んだのっ」

美波はもう一度ごくんと喉を動かすと、唇を開いてみせた。

ザーメンはまったくなくなっていた。

そして、美波はキスしてきた。ぬらりと舌が入ってきて、健太はそれに応えた。

ザーメンを飲むことで、オーケーと告げたことに気づき、健太はまたも泣いていた。

泣きながら、ベロチューを続けた。

2

自習をする美波と別れて、健太は図書室を出た。本当はふたり並んで自習したかったが、つき合うとなると、いっしょにいるところをクラスメイトに見られたくはない。

第一校舎に近づくと、渡り廊下に立っていた莉沙が健太に向かって手を振った。そして、おいでおいで、と手招きする。

いい機会だ。美波とつき合うことになったから、舐めダルマはやめさせてください、と莉沙に頼もうと思った。

健太が駆けよっていくと、莉沙が第一校舎の中に入る。保健室に入っていくうしろ姿が見える。

あの白衣の下は、今日もノーパンなのだろうか。それを想像すると、美波の口に出したばかりのペニスがむずむず疼いた。

いかんっ。舐めダルマを断りに行くんだから。

保健室の前に立ち、ノックをする。どうぞ、と中から声がして、失礼します、とドアを開いた。

「あっ……莉沙先生」

莉沙はすでに白衣を脱いでいた。上半身はニットを着ていたが、下半身はまる出しだった。しかも椅子の上で両足を抱えて、剝き出しの恥部をより強調させていた。

「いらっしゃい」

と、莉沙が言う。

「あ、あの、莉沙先生……」

「なにしているの。はやく舐めて」

「あの……僕、同じクラスの伊藤美波とつき合うことにしました」

「あら、伊藤美波ってメガネっ娘ね。あの娘、眼鏡取ると、かなりの美形よ」

「はい」

健太はうなずく。

「あら、もう素顔は見ているのね」

「はい……」

「なかなかやるじゃないの。やっぱり、童貞卒業したのが大きいのかな」

「ありがとうございます。莉沙先生のおかげです」

「感謝しているのなら、はやく舐めなさい。男がいないと、むずむずして業務に支障をきたすのよ」

割れ目も誘ってくる。健太はずっと、莉沙の入口を見つめている。一度目にしたら、離すことができない蠱惑《こわく》の秘溝だ。

「でも、美波さんとつき合うことにしたから……もう、ほかの女性の……クリを舐めるわけにはいかないんです」

「あら、まじめなのね。いいことよ」

「ありがとうございます。わかってくださって」

「なに、言っているの。ほら、舐めなさいっ」

莉沙がにらんでいる。美人ゆえに、にらまれるとドキンとしてしまう。

「だから、その……」

莉沙が足を閉じて、椅子から降りた。ニットのセーターを脱ぎながら、近寄ってくる。ニットの下はノーブラで、いきなりたわわな乳房があらわれた。

莉沙は全裸となって、健太に迫ってきた。

こうなるともう、色気の金縛り状態だ。

童貞を卒業したばかりのヤリたい盛りの男子には、逆らうことなんて無理だった。

莉沙が正面に立った。そして、足下を指さす。

「はい……」

健太はその場にしゃがんだ。

莉沙の割れ目が迫ると同時に、むせんばかりの牝の性臭が漂ってきた。

割れ目は閉じていたが、そこから牝の匂いがにじみ出していた。

そんな匂いを嗅いだら、もういちころだった。美波のことも忘れ、

「莉沙先生っ」

と、名前を呼びつつ、莉沙の恥部に顔面を押しつける。ぐりぐりとこすりつけると、鼻が割れ目の中にめりこみ、ぴちゃっと蜜の音がした。

「あんっ……」

鼻をめりこませただけで、莉沙がぶるっと下半身を震わせる。すでに、おま×こは

どろどろだ。

健太は顔をあげると、クリトリスに吸いついた。おま×こを舐めたかったが、まずは急所だ。

吸いつくだけで、あんっ、と莉沙が反応する。

健太はちゅちゅっと吸っていく。吸いつつ、人さし指を莉沙の中に忍ばせていく。

莉沙のおま×こは燃えるようだった。肉の襞がざわざわと人さし指にからみついてくる。

健太はクリトリスを強く吸いつつ、人さし指をぐぐっと奥まで入れる。そして、かきまわしていく。

「はあっ、あんっ、上手よ、健太くん」

莉沙が強く股間を押しつけてくる。

「う、うう……」

「クリはいいわ。おま×こも舐めて」

はい、と健太はクリから口を引くと、そのまま媚肉にしゃぶりついていく。

愛液でどろどろのおんなの粘膜をぞろりぞろりと舐めていく。

「あ、ああっ、ああっ、クリもいじってっ」

健太は媚肉を舐めつつ、クリトリスを摘まみ、ひねっていく。

「あ、あああっ、いい、いいっ……もう、イキそうっ、ああ、イキそうよっ」

このままイカせようと思った。イッたら、帰してくれるだろう。

健太はドリルように舌を動かし、クリトリスをさらに強くひねった。

「あっ、イク……イクイクっ」

莉沙が裸体をがくがくと震わせ、いまわの声をあげた。どろっと大量の愛液が出てくる。

「噴かせて」

「えっ……」

「シオ、噴かせてっ。なんかすごくたまっている感じなのっ。おま×こ、熱いの。すごく熱いのっ」

甘かった。イカせて終わりではなかった。さらなる刺激を求めてくる。

「シオって、どうやって噴かせるんですか」

「天井をこするの。ざらざらしているところをこするの」

はいっ、と健太は言われるまま、人さし指で媚肉の天井をまさぐる。ざらついているところをこすりはじめる。

「あ、ああっ、あああっ」

健太は中指もおんなの穴に入れて、二本の指の腹でこすっていく。

「いいわっ。ああ、ああっ、出そう。噴きそうよっ」

噴くというのは、ここからシオが出てくるということだ。出たら、どうしたらいいのか。うまく避けられるだろうか。いや、そもそも避けていいのか。

僕が出したザーメンは、莉沙先生はきちんと口で受けてくれているのだ。

こっちだけ避けるなんて、ありえないだろう。となると、シオを……。

「あ、あああっ、あああっ、出ちゃうっ」

いきなりシオが噴き出した。

避ける暇もなく、健太の顔面をまともに直撃してくる。

「出る、出る、出るっ」

莉沙が叫ぶなか、シオが噴射しつづける。それを、健太は顔面で浴びつづける。

そんななか、昼休み終了のチャイムが鳴る。十分後に、五時間目の授業がはじまる。

ようやくシオが噴きやんだ。

健太はその場に尻餅《しりもち》をつき、莉沙の中から二本の指を抜いた。

「あら、顔、びしょびしょね」

「なにか、タオルないですか」

「そのままでいいわ」

「えっ……」

「そのままで、入れていいわ」

「い、入れる……」

シオを噴いて終わりではなかったのだ。

「さあ、はやくおち×ぽ出して」

と言いつつ、莉沙がカーテンを開き、ベッドにあがっていく。なにせ、全裸だ。ぷりぷりとうねる尻たぼに、視線が釘づけとなる。

健太は顔面シオまみれのまま、学生ズボンのベルトをゆるめる。

さっきも、美波の手でゆるめられたばかりだ。なんかおかしくて、笑ってしまう。

それには、莉沙は気づいていない。ベッドの上で四つん這いになり、こちらにむちむちの双臀《そうでん》を差しあげたポーズを取っているからだ。

健太は学生ズボンとブリーフをいっしょに下げる。すると、はじけるようにペニスがあらわれる。さっき、美波の口にぶちまけたのがうそのようだ。

僕のザーメンは出しても、瞬時にたまるようだ。

「はやく。午後の授業がはじまるわよ」

そうだ。残り時間は七分しかない。

健太はあわててベッドにあがった。そして、莉沙の尻たぼをつかむ。ぐっと開くと、尻の穴が見える。小指の先くらいの穴も、入れて、というかのように誘っていた。

「お尻はまだはやいわ」

と、莉沙が言う。

「は、はやいって……」

「舐めダルマとして成長したら、お尻にも入れていいわ」

「あ、あの、お尻の穴は……」

「処女よ。健太くんにうしろの処女をあげるわ」

「処女っ」

健太は素っ頓狂な声をあげる。と同時に、どろりと大量の先走りの汁が出た。

「今は、おま×こよ。はやく欲しいの」

莉沙が、掲げた双臀をうねらせはじめる。

はい、と健太は鎌首を蟻の門渡りに向ける。それだけで、はあっ、と莉沙が火の息を吐く。シオも噴いて、かなり身体が燃えあがっているようだ。

鎌首が割れ目に到達した。ちょっとだけじらすように割れ目を鎌首でなぞってみる。

「あんっ、なに、生意気なことしているのかしら」

「すいません……」

健太はずぶりと鎌首を入れていく。

「ああっ……」

ペニスが莉沙の中にずぶずぶと入っていく。バックからだと埋めこむ淫絵がはっきりと見えた。

鎌首の形に開いた割れ目が、どんどんペニスを呑みこんでいく。突き刺しているというより、吸いこまれていく感じだ。

あっという間に、子宮まで到達した。そこを強く突くと、

「あうっんっ」

と、莉沙がベッドの上で背中を反らした。

「突いて、いっぱい突いてっ」

健太は尻たぼに五本の指を食いこませると、抜き差しをはじめる。

最初から、ずどんずどんと激しく突いていく。

「いい、いいいっ……ああ、すごいわっ、健太くんっ」

健太は調子に乗って、莉沙のおま×こを突きまくる。

「ああっ、小谷先生に出してきたのねっ……昼休みにエッチなんて、小谷先生も不良教師の仲間ねっ」

「違いますっ……」

「あら、そうなの……ああ、つき合うって言っていた伊藤美波ね。えっ、もう、おま×こしたのかしら」

「いいえ、してませんっ。口に出しました」

「あら、やるわね」

「だから、莉沙先生とのおま×こは、これっきりにしてください」

「だめよ」

と言って、強く締めてきた。

「あうっ、うう……」

危うく出しそうになる。

「私をイカせる前に出したら、ゆるさないわよ」

首をねじって、こちらを見あげ、莉沙がそう言う。

「はい、勝手に出しません」

もう時間がないのだ。この一発で決めないと。

健太は強烈な締めつけに耐えつつ、負けじと力をこめてえぐっていく。

「あ、ああっ、いいわよっ……あ、あああっ、そうよ、健太くんっ」

突くたびに、莉沙の背中が反ってくる。

華奢な背中には、うっすらと汗がにじんでいる。莉沙の裸体全体から、むせんばかりの体臭が立ち昇っている。

「あ、ああっ、イキそう……イキそうよっ」

さらに締まりがきつくなる。突きの勢いが鈍ってくる。

「なにしているのっ。授業に遅れるわよっ。伊藤美波が変に思うわよ」

「だめですっ」

美波は、愛華先生となにかしてきたと勘違いするだろう。

だめだ、だめだっ。

健太は渾身《こんしん》の力をこめて、莉沙の子宮を鎌首でたたいた。

「あっ、い、イク……イクイクっ」

莉沙がいまわの声をあげて、四つん這いの裸体をがくがくと痙攣させた。

「おうっ」

健太も吠《ほ》え、射精させた。と同時に、五時間目始業のチャイムが鳴った。

3

保健室から出ると、職員室から愛華が出てきた。

「あら、山田くん、どうして保健室から……」

「なんでもありませんっ」

と言って、健太は愛華の前を通り抜けようとする。だが、待ちなさい、と手をつかまれた。

「五時間目の授業がはじまっていますっ」

健太は愛華の手を振りきろうとしたが、

「花村先生とエッチしてきたのねっ」

愛華がにらんできた。

「してませんっ」

「検査しますっ」

と言うと、愛華は第一校舎一階の廊下で、健太の学生ズボンのベルトをゆるめはじめた。今日、これで三回めだ。

「なにしているんですかっ、愛華先生っ」

健太は愛華の手をつかみ、止めようとする。

「やっぱり、エッチしてきたのねっ」

「していませんっ」

「うそっ。してきたばかりだから、検査されるのがいやなんでしょう」

「愛華先生っ、ここは廊下ですよっ」

健太が指摘するなか、愛華は構わず、学生ズボンをブリーフといっしょに引き下げてしまう。

半勃ちのペニスがあらわれた。それを見ただけで、

「やっぱり出してきたのね」

と、愛華が言う。

「見ただけでわかるんですかっ」

「わかるわよ。だって、いつも脱がせたら、びんびんでしょう」

確かにそうだ。だが、そんな会話をしている間に、むくむくと勃起の角度があがりはじめる。

「ほら、もうびんびんになりましたよ」

愛華が廊下にしゃがんだ。そして、反り返ったペニスに美貌を寄せてくる。くんくんと匂いを嗅ぐと、

「エッチな匂いがする……これって……なにかしら……」

おま×この汁とザーメンが混ざった匂いだ。ずっと莉沙の中に入れて、中出しした匂いだ。

「我慢汁の匂いですよ」

実際、愛華にち×ぽの匂いを嗅がれて、はやくも我慢汁を出しはじめていた。ひと晩寝ると、どれだけたまるのだろうか。

「違うわ。我慢汁の匂いじゃない。やっぱりしたのねっ。正直に言いなさいっ」

愛華が叫んでいると、保健室のドアが開き、莉沙が顔を出した。

「小谷先生、大声あげすぎよ。今、授業中なんだから」

「花村先生っ、もう山田くんには手を出さないでくださいっ」

「私にあたらしい男ができるまでは、舐めダルマをやってもらうわ」

「いけませんっ。山田くん、精液の出しすぎですっ」

「小谷先生のおま×こにも出しているからでしょう」

「私は、違います……」

愛華は否定する。だが、口調がさっきまでとはあきらかに違う。

「あら、やっぱりヤッているのね。処女を生徒にあげたのね。不良教師ね。校長に告げ口しようかしら」

と言うと、莉沙が校長室へと向かいはじめる。

「待ってくださいっ」

愛華があわてて、莉沙にすがりつく。

「冗談よ。そもそも、私も健太くんとはエッチしているんだから。健太くん、はやく授業に戻りなさい」

と、莉沙が言い、ありがとうございますっ、と莉沙に頭を下げると、ブリーフと学生ズボンを引きあげて、渡り廊下へと走った。


すでに国語の授業ははじまっていた。

「遅れてすいません」

国語教師に頭を下げて、自分の席についた。窓ぎわを見ると、美波がレンズ越しに、健太をにらんでいた。

放課後、美波はすぐに帰っていった。教室を出る間際、健太をレンズ越しに見た。その目は悲しそうだった。

にらまれるのも困るが、悲しそうな目を見るのも困った。


家に帰り、塾に向かった。するといつもの公園のベンチに、美波が座っていた。ごめん、と言いつつ、隣に座る。

「小谷先生とエッチしていたから、五時間目授業に遅れてきたんでしょう」

美波が聞いてきた。レンズの奥の瞳から、涙があふれている。

「違うよ……」

「うそ。私にはうそをつかないでっ」

「違うよ。小谷先生とエッチなんかするわけないだろう」

「じゃあ、どうして遅れてきたの」

「それは……」

美波が唇を押しつけてきた。健太の首に両腕をまわし、舌を入れてくる。

向かい側のベンチにも高校生のカップルがいるが、大胆な美波を見て、目をまるくしている。

「ねえ、これから、どこかふたりきりになれるところに連れていって」

レンズ越しに、じっと健太を見つめつつ、美波がそう言う。

「えっ……塾はどうするの」

美波にどこか連れていってと誘われているのに、塾の心配をしている。我ながらばかだ。

「………」

美波は答えず、健太を見つめている。

ヤレるんだっ。

エッチしたいっ、今すぐエッチしたい、と美波は言っているのだ。ふたりきりになれるところに連れていって、というのは、そういうことだろう。

ここで行かなくて、いつ行くんだっ。

健太は美波の手をつかんだ。ぐいっと引くと、立ちあがる。

「行くよっ」

うん、と美波がうなずく。ラブホテルがいいのだが、健太は私服だったが、美波は制服だった。お金はぎりぎりありそうだが、制服はまずい。

じゃあ、どこだ。僕の家には母親がいる。カラオケボックスかっ。でもあんなところで初体験は、美波がかわいそうだ。

そうだ。学校だ。この時間は、部活も終わっている。

「学校はどうかな」

と聞くと、美波はうなずいた。

4

学校に着いた頃には、すっかり暗くなっていた。

正門はすでに閉まっていて、裏門へとまわったが、そちらも閉まっていた。

「どうしよう」

「こっち」

美波が歩き出す。学校の裏手にまわると、大きな木があった。太い枝が、塀に向かって伸びている。

「これ、登ったら、入れるわ」

と、美波が言い、先に大きな木をよじ登りはじめる。

「美波さん……」

制服のスカートがたくしあがり、ふくらはぎがあらわれる。

月明かりを受けて、白く浮きあがる。

健太はドキリとして、思わず見惚《みと》れてしまう。木をよじ登るにつれて、さらにスカートがたくしあがり、太腿まであらわになってくる。

美波は太い枝に移ると、塀へと飛んだ。

パンティが見えた。美波のパンティだっ、と思うと、思わず射精しそうになった。

期待どおりの純白だった。

塀に移った美波が手招きした。

まさか、美波がこんなに積極的に動くなんて。

健太も急いで木をよじ登り、枝から塀へと飛んだ。ふたりいっしょに、校内に飛び降りる。

「なんか、すごくいけないことをしている気分で、ドキドキするね」

と、美波が言う。

「これはいけないことだよ。不法侵入だ」

「不法、侵入……私が……不法……」

「そう。優等生の美波さんが不法」

健太は美波にキスをした。すると、美波は待っていたのか、ぬらりと舌を入れてきた。両腕を健太にまわし、強くしがみつきつつ、舌をからめてくる。

「うんっ、うっんっ、うんっ」

熱が入ったベロチューになる。美波のほうが興奮していた。恐らく、いけないことをしている、というのが火種となっているようだ。

優等生ほど、いけないことに昂るのだ。

美波が健太の手を取り、制服のブレザーの胸もとに導いた。

健太はそのままつかむ。ジャケット越しだが、豊満なふくらみを感じられる。

強く揉むと、美波の身体がぴくっと動く。はあっ、と火の息を健太の喉に吹きこんでくる。

美波が唇を引いた。

「行こう……」

校舎に向かっていく。学校の中は静まり返っていたが、第一校舎の職員室がある窓には明かりが点《つ》いていた。まだ教師が残っているようだ。

美波が先に第二校舎に入った。階段をあがっていく。自分たちのクラスに向かっている。

いつも授業を受けている教室で、初体験をするつもりなのだ。

大胆すぎる。優等生ほど、いったんたがはずれたら、ぶっ飛んだ行動を取るのだろう。

美波が踊り場で立ち止まり、こちらを見る。常夜灯の明かりの下、レンズの奥の瞳が妖しく光っている。

あんな目をする美波をはじめて見た。処女なのに、一気に大人びて見えた。

健太が迫ると、美波から抱きついてきた。二階と三階の踊り場で、またもベロチューをする。健太は舌をからませつつ、すかさずブレザー越しに胸をつかむ。

すると、美波が学生ズボンの股間に手を伸ばしてきた。対抗するかのようにつかんでくる。

「ううっ」

またも射精しそうになる。

「美波さんっ、ちょっと……」

あわてて美波の手首をつかみ、股間から引き離す。

「えっ……痛かった？　気持ちいいのかと思った」

「気持ちよすぎて、あの……出そうになったんだ」

「もう……」

「そう。もう。なんか、すごく興奮していて」

「私もそう……いつもの美波じゃない気がする」

美波が自分のことを、美波、と言った。はじめて聞いた気がする。

「やっぱり、夜の学校って興奮するよね」

「そうだね」

そしてまた、どちらからともなく唇を重ねていく。健太の手はずっとブレザー越しの胸にある。

「なんか、すごく胸がきついの。ぱんぱんに張っている感じなの」

「そうなんだ」

「あの……ブラ、はずしていいかな」

美波が踊り場で大変なことを言う。

「い、いいよ……はずしたほうがいいよ……苦しいんだよね」

うん、とうなずき、美波が制服のブレザーを脱ぐ。すると、これまた愛華並にぱんぱんに張ったブラウスの胸もとがあらわれる。

美波がブラウスのボタンに手をかけ、はずしはじめる。

健太はドキドキしながら、美波の胸もとを見ている。薄暗いなか、美波がブラウスの前をはだけた。

「すごいっ」

美波はハーフカップのブラをつけていた。たわわに実ったふくらみが、ブラカップからこぼれ出そうだ。

美波はブラウスの中に手を入れて、背中にまわすと、ホックをはずそうとした。そこで、健太の射るような視線に気づき、恥ずかしい、と言って、そのまま階段を駆けあがりはじめた。

「えっ、美波さんっ、待って」

美波というより、美波のおっぱいを追う。

四階に健太たちのクラスがある。美波は一気に駆けあがり、自分たちの教室に入った。健太もすぐに追いつき、中に入ったが、カーテンが閉めてあり、かなり暗かった。

目が慣れると、白いものが目に飛びこんできた。

「あっ、おっぱいっ」

美波の乳房が薄暗い教室の中で浮きあがっている。

美波はブラを取り、ブラウスの前をはだけたままでいる。薄暗いから、大胆な行動を取れるのだろう。

だが、もっと明るいところで、はっきりと美波のバストを見たい。

健太は明かりを点けようと、スイッチがあるところに向かう。すると、

「だめっ。明かり点けたら、ブラをつけるよっ」

と、美波が叫ぶ。それは困る。

「このままがいいよ」

と、美波が言い、こちらに近寄ってくる。白い乳房が迫ってくる。だが、はっきりは見えない。美波のおっぱいをはっきり見たい。スイッチに右手を伸ばすと、

「だめっ」

と、美波の声が響く。

右手をつかまれ、乳房に導かれた。手のひらが乳房に触れた。

「触っていいかな」

思わず、そう聞く。いきなり、じかには触れなかった。

「もう、触っているでしょう」

「そうだけど……」

「揉んで……」

と、美波が言う。

健太はうなずき、右手で美波の左の乳房をつかんでいく。

五本の指で揉んでいくと、魅惑のふくらみに埋まった指がぷりっとはじき返されてくる。

さすが、莉沙のおっぱいより、ぷりぷりしている。

さすが、女子高生だ。若さがぎっしりと詰まっている。

健太は力を入れて、揉みしだく。

「あっ、ああ……」

美波が眉間に縦皺を刻ませる。薄闇に目が慣れてきていた。さっきより見えるようになっている。

「痛い？」

「ううん……もっと、揉んで……」

と、美波が言う。健太は豊満なふくらみに指をぐぐっと食いこませる。すると、ぷりっと押し返してくる。そこを揉みこむ。すると、押し返される。

「ああ、最高だよ、美波さん」

「そうなの……はあっ、ああ……」

美波が甘くかすれた声を洩らしはじめる。

感じているのか。僕の乳モミで感じているのかっ。

「あの……こっちも……」

恥じらいつつも、美波が右のふくらみを下から持ちあげてみせる。

乳首がぷくっとしこっていた。それを見て、健太は思わず右のふくらみにしゃぶりついていった。

「あっ……」

乳首に吸いつき、じゅるっと吸う。

「はあっ、あんっ」

美波が甘い喘ぎを洩らす。

乳首だっ。乳首を責めるんだっ。

健太は左のふくらみを揉みつつ、右の乳首をちゅうちゅう吸う。

「ああ、ああ……あんっ、やんっ……」

美波が敏感な反応を見せる。かなり感度があがっている。やっぱり、ここが学校だからだ。ふだん授業を受けている教室で、おっぱいを出して、クラスメイトに乳首を吸われているからだ。

「ああ……こっちも、吸ってほしいな」

美波が、揉まれているほうの乳首を吸ってほしいと言う。

健太は右の乳首から顔をあげると、左の乳房から手を引いた。こちらの乳首もいつの間にか、とがっていた。

「乳首、すごく勃ってるね……美波さんでも乳首、勃たせるんだね」

「健太くんが勃たせたのよ……」

レンズの奥から、なじるように見つめている。

ああ、明るいところで見たいっ。

でも電気を点けたら、美波は恥ずかしがるだけだろう。薄暗い中だから、大胆になっているのだ。

健太は左の乳房にしゃぶりつく。左の乳首を吸いつつ、右の乳首をこりこりところがしていく。

「あっ、ふたついっしょ……ああ、ああ、気持ち、いいよ……」

美波の喘ぎ声が大きくなる。身体が火照ってきたのか、乳房から甘い汗の匂いが立ち昇りはじめる。

ああ、美波の汗の匂いっ。ああ、美波の喘ぎ声っ。どちらも、僕が出させているんだっ。僕の愛撫に感じてくれているんだっ。

ああ、おっぱいだけじゃなくて、あそこを、クリを舐めたいっ。クリを舐めたら、美波はいったいどんな反応を見せるんだろう。

健太は乳房に顔を埋めたまま、制服のスカートの裾に手をかけていた。ぐっとたくしあげる。

美波はなにも言わない。されるがままに任せている。美波もクリを舐めてもらいたい、と思っているのだ。きっとそうだっ。

健太はその場にしゃがんだ。いきなり太腿が迫る。

スカートが下がってきて、かぶってしまう。すると、美波が自らの手でたくしあげてきた。

太腿のつけ根まであらわれ、パンティがのぞく。

美波の純白パンティを目にした瞬間、健太は顔面を押しつけていた。

「あっ……」

美波が腰を引くが、健太はぐりぐりとパンティに顔をこすりつける。

「あんっ、恥ずかしいよ……」

ジャスミンの香りがした。

こんなところに、香水はふらないだろうから、これは美波の匂いなのだ。しかもこれは、あそこからにじみ出ている匂いじゃないのかっ。

健太は顔を引くなり、パンティに手をかけ、ぐっと下げた。

5

美波の恥部があらわれた。

つるんとしていた。毛がまったく生えていなかった。処女の秘溝が剝き出しとなっている。

「パイパンっ」

思わず、見たままを口にする。

「いやっ……」

美波がたくしあげていたスカートから手を放した。またも、スカートをかぶってしまう。ただでさえ薄暗いのに、スカートをかぶり、まったく見えなくなった。

それでも健太はそこから動かず、美波の恥部に触れていった。つるんとした恥丘を撫でる。

「あっ……うそ……」

剃《そ》ってはいないようだ。見たまま、手触りもすべすべしていた。

健太は割れ目の頂点を摘まんでいく。はっきりとは見えなかったが、舐めダルマのおかげで、クリトリスの場所を当てることができた。

クリトリスを摘まむと、

「あっ」

と、美波が甲高い声をあげた。そのまま、ころがしていく。

「はあっ、あんっ、やんっ、あっあんっ」

美波はかなり敏感な反応を見せる。

「舐めて……ああ、クリ、舐めて……」

と、美波が言う。健太はクリトリスから指を離すと、スカートの中で吸いついていった。童貞だったら、できない芸当だった。莉沙先生、ありがとう、と舐めダルマの修行に感謝する。

口で美波の急所を捉えた。そのまま吸っていく。

「あ、ああっ、クリ……ああ、クリ、気持ちいいのっ……ああ、すごいよっ、健太くんっ……あ、ああっ、気持ちいいよっ」

もしや、美波はオナニーしていたのか。乳首もクリトリスもかなり感度がいい。

あの勉強ひとすじのクールビューティがオナニーしていたなんて……いや、してないかもしれないが、とにかく感じてくれるのはうれしい。

クリトリスをちゅうちゅう吸っていると、ジャスミンの香りが濃くなってくる。割れ目からにじみ出ているのだ。

そうだ。おま×こだっ。美波のおま×こを見たいぞっ。でもこの暗い状態では、よく見ることができない。やっぱり、明るくしないと。

とにかく、感じさせるんだ。感じさせて、おま×こを見られてもいい、というところまで持っていくんだっ。

健太はクリトリスの根元に歯を当ててみた。かなり感じるようだから、もう一段階上の刺激でも大丈夫な気がしたのだ。

「えっ、なにするの」

頭の上から美波の声がする。その声が震えていて、ぞくぞくする。

そのままの勢いで、美波のクリトリスを甘噛《あまが》みしていく。

「あうっ、うんっ……」

美波の股間ががくがくと動く。痛いかも、と歯を引くと、

「だめっ、もっと噛んでっ」

と、美波が叫ぶ。

健太はふたたびクリトリスの根元に歯を当て、甘噛みしていく。

「ああっ、いいっ、それ、いいよっ……健太くん、すごいねっ」

美波が褒める。

あの美波にエッチの技を褒められたぞっ。

「ああ、明るくしても、ああ、いいよ……」

と、美波が言う。えっ、と健太はクリトリスから歯を引いて、スカートをまくりあげるようして、頭を出して見あげる。

「もっと、噛んで」

と言われ、すぐさま股間に顔を戻し、クリトリスに歯を当てていく。

「ああっ、いいっ……ああっ、見たいんだよねっ……ああ、美波のおま×こ、健太くん、見たいんだよねっ」

「うう、うっ」

クリトリスに歯を当てたまま、見たいよっ、と叫ぶ。

「いいよっ、見てっ、美波のすべてを、健太くん、見てっ」

美波が興奮して叫ぶ。健太も昂り、思わず、がりっとクリトリスを噛んだ。

まずいっ、と思ったが、

「ひいっ……イクっ」

と、美波が叫んだ。

イッたのかっ。美波がイッたのかっ。

ジャスミンの香りが濃く、健太の顔面を包んでくる。

割れ目を開きたい。はやく、おま×こを見たいっ。

健太は股間から顔を引いた。そして、壁のスイッチに手を伸ばす。

「いいんだね」

「いいよ……健太くんには、美波の処女のおま×こを見てもらいたい……そして、女にしてほしいのっ」

「美波さんっ」

健太は感動と感激で泣いていた。泣きながら、美波に抱きついていた。

「どうしたの、健太くん。もしかして、泣いているの？」

「泣いてないよっ」

暗くてよかったが、今から明るくするのだ。泣き顔を、美波にまともに見られてしまうが、おま×この魅力の前では泣き顔を見られるくらいたいした問題ではない。

健太はスイッチを押した。明かりが点き、いきなり真昼の明るさとなる。

「あっ……」

あらためて、美波の姿に目を見張る。

美波は制服のブラウスの前をはだけ、たわわなふくらみをあらわにさせていた。

つんととがった乳首は、淡いピンク色だった。

残念ながら股間はスカートに隠れてしまっている。

「あっ、やっぱり、健太くん、泣いてる」

「おま×こ見たら、もっと泣くよ」

と言うと、スカートの裾をつかみ、たくしあげる。

今度は明かりの下で、美波の割れ目があらわになった。

「あっ、見ちゃいやっ」

と言いつつも、美波は恥部を隠さなかった。それどころか、スカートのホックをはずし、サイドジッパーを下げていった。

健太が裾から手を放すと、スカートが美波の足下に落ちていく。下半身が完全にまる出しとなった。

「ああ、美波さんっ」

健太はふたたび美波の足下にしゃがむと、すうっと通っている割れ目に指を添えた。

「開くよ」

「うん……見て……健太くん」

と、美波が言い、健太は割れ目を開いていった。

健太の前に、美波の花びらがあらわになった。

「ああっ、桜だっ。桜の花びらだっ」

美波の花びらは淡いピンク色だった。まったく濁りのない、ピュアなピンクだ。それが、愛液で濡れている。

「どう、美波のおま×こ」

「きれいだよ。きれいすぎるよ。これ、僕のザーメンで汚していいのかな」

「いいよ……汚して……いえ、健太くんのザーメンで汚れるわけじゃないよ……もっときれいになるはずよ」

と、美波が言う。

「もっときれいに」

「そうだよ。ザーメンを受けて、もっときれいになるはずだよ」

「ああっ、美波さんっ」

健太は美波の花びらに顔を埋めていった。すると、顔面が濃いめのジャスミンの香りに包まれる。それだけで、くらくらになる。

「もっとおま×こ見て、処女の美波を健太くんの目に焼きつけて」

美波に言われて、健太は顔を引く。そして割れ目をさらに開き、花びらを見つめる。

薄い膜が見えた。あれが、処女膜だ。あれを突き破るのだ。

「処女膜が見えるよ」

「ああ、そうなの……破りたくなった？」

「なったよ。でも、なんか惜しいな」

「じゃあ、破らない？」

「いや、破るよ。破りたいよっ」

健太はズボンのベルトをゆるめ、ブリーフといっしょに下げていった。はじけるように、ペニスがあらわれる。

「ああ、それで破るのね」

「そうだよ」

「じゃあ、破る前に舐めさせて」

美波もしゃがんでくる。眼鏡をかけた美貌が迫り、そのままキスをする。すぐさま、ベロチューになる。

ぴちゃぴちゃと舌をからませつつ、美波がペニスをつかみ、しごきはじめる。健太は美波のクリトリスを摘まみ、ひねっていく。

「う、ううっ……」

火の息が吹きこまれてくる。

美波が唇を引くと、そのまま美貌を下げてきた。ぱくっといきなり咥えてくる。

「ああっ……」

美波は一気に根元まで咥えると、強く吸ってくる。これから処女膜を破るものを、心をこめて、吸っている感じだ。

「うんっ、うっんっ」

悩ましい吐息を洩らしつつ、美波が美貌を上下させる。それにつれ、ぱんぱんに張った豊満バストも上下に揺れる。

健太は思わず、つかんでいく。

「ううっ……」

美波はうめきつつも、唇を引かない。吸いつづけている。

「ああ、もういいよ。あんまり吸われると、おま×こにすぐに出しそうになるから」

と言うが、美波はペニスから唇を引かない。もしかして、破瓜の瞬間を伸ばすために、しゃぶっているのかも、と思った。いざ、処女を捧げるとなると、ためらいが出ているのかもしれない。

一方、健太のほうは、すぐにでも突き破りたくなっていた。

なかなか唇を引きあげない美波にじれて、健太のほうからペニスを引いた。ねっとりと唾液の糸が引く。

「入れたいのね……」

美波がレンズの奥からなじるような目を向けている。

童貞の頃の健太なら、今夜はやめようか、と言い出しそうだったが、卒業証書をもらった今は、突き破ることしか頭にない。

「入れたいよ」

健太は美波の腕をつかみ、いっしょに立ちあがる。

さて、どこですればいいのか。ずらりと机が並んでいる。教室のうしろがいいか。

美波が豊満バストを揺らしながら、机を合わせはじめた。

なるほど。机の上でやるのか。

健太も唾液まみれのペニスを揺らしつつ、机を合わせていく。四つ合わせると、女子が寝られる簡易ベッドができた。

美波はなじるような目を健太に向けつつ、制服のブラウスも脱いでいく。紺のソックスも脱ぐと、生まれたままの姿となった。机にあがっていく。

それを見て、健太もセーターを脱ぎ、Tシャツを脱いだ。

美波は机の上で体育座りをしている。なんかおかしくて、笑ってしまう。

「どうしたの？」

「だって、それ、色気ないよね」

「そうか……」

美波が揃《そろ》えた足を斜めに流していく。すると、バストがあらわれ、下腹の割れ目もあらわれる。一気に色気がアップする。

「あっ、すごいっ」

ペニスの勃起の角度があがっていく。

健太は机に膝をつき、美波の肩に手をかけた。そして、机に押し倒していく。

美波が両足を強く閉じる。健太は膝をつかむと、開いていく。

天井からの明かりを受けて、剝き出しの割れ目がきれいに見える。

健太はそれを指先でなぞる。

「あっ……ああ……優しくしてね……」

レンズの奥から美波がそう言う。

「眼鏡、そのままでいいの？」

「うん。健太くんの顔、はっきり見ていたいから」

と、美波が言う。

「僕も美波さんの顔、はっきり見ながら入れたいよ」

そう言うと、健太は鎌首を割れ目に当てた。ぴくっと美波の下半身が動く。一気に裸体がこちこちになる。緊張が伝わってくる。

莉奈先生や愛華先生相手に色修行を積んでいてよかった、と思った。童貞だったら、美波といっしょにこちこちになっていただけだ。

6

「入れるよ」

「うん……」

美波は目を開いたままでいる。レンズの奥から、美しく澄んだ瞳でじっと健太を見あげている。

健太も美波を見ながら、腰を進める。鎌首が入る。だが、すぐに押し返される。

そこをぐっと押しこもうとすると、的がはずれる。

美波はじっと健太を見つめている。黙ったままだ。

健太はみたび、鎌首を割れ目に押しつける。するとまた、めりこんだ。押し返されそうになるが、そこを進める。

「ううっ……」

美波がうめいた。

「痛い？」

「ううん……」

美波は健太を見つめたまま、かぶりを振る。

健太はじわじわと鎌首を進める。すぐに、薄い膜を感じた。

さらに、緊張が伝わってくる。

「行くよ」

健太は鎌首で美波の処女膜を突き破る。

「あうっ、うう……」

美波の眉間の縦皺が深くなる。痛そうな表情を浮かべつつも、目は閉じない。レンズの奥から健太を見つめている。その瞳がじわっと涙で濡れてくるのがわかる。

その涙に昂り、健太はずぶっと一気に埋めこんでいった。

「ひいっ」

美波が大声をあげた。

「あっ、ごめんっ。痛かったよねっ」

健太は埋めこんだまま、動くのをやめた。

「ああ、入っている。美波さんのおま×こ、ちん×ぽ、今、美波の中に入っているよ」

「そうだね。入っている。健太くんのおち×ぽ、ち×ぽで感じるよ」

「ああ……美波のおま×こ、どう？」

「すごくきついよ。すごく締めてくるよ」

「そうなの……美波は、締めている感じじゃないんだけど」

「痛いよね」

「痛いけど……癒されるの……おま×こがおち×ぽでいっぱいになっていると……すごく癒されるの」

「そうなんだ」

「ああ、ずっとこうしていたいなあ……」

美波のおま×こは窮屈だった。ぴたっと貼りついた肉の襞が、くいくい締めてきている。だから、じっとしていても、健太はかなり感じていた。

「僕も、ずっとこうしていたいよ」

「キスして……」

そう言うと、美波が瞳を閉じた。やや半開きの唇が待っている。

健太は深く入れたまま上体を倒し、美波にキスしていく。すると、美波が健太にしがみついてきた。

舌をからめると、さらにおま×こが締まる。

「ううっ」

うめくと美波が舌を引いて、

「大丈夫？」

と聞く。

「ああ、おま×こすごくて、もう出そうだよ」

「いいよ……」

「えっ」

「出そうなら、出していいよ、健太くん」

と、美波が言う。

「でも、すぐすぎるよ……」

「いいの。我慢しないで……美波のおま×こが気持ちよくて出したかったら、どんどん出して」

「ああ、美波さんっ」

また泣いていた。なんていい子なのだろう。幸せすぎて、ぼろぼろと涙を流す。こんなに涙もろいなんて、自分でも知らなかった。

「もう、泣き虫なんだね」

と言って、美波が頬に伝う涙をぺろりと舐めてくれる。

その瞬間、健太は暴発させていた。

「あっ……」

子宮にザーメンを感じた美波が目を見張る。

「おう、おうっ、おうっ」

健太は雄叫びをあげて射精しまくる。どくどく、どくどくと美波の中に出していく。

「う、うう……」

美波はそれを受け止める。

脈動が止まると、美波が両足を健太の腰にまわしてきた。挟みつけてくる。

「抜かないで……このままでいて……」

「でも、ザーメンが……」

「いいの。ずっとこのままでいたいの」

健太は腰を動かしはじめた。萎えかけたペニスで、美波のおま×こを突いていく。

少し小さくなったぶん、窮屈な穴でも動かすことができた。

「あうっ、うんっ」

「痛い？」

「ううん。突いて、そのまま突いて」

健太は美波を突いていく。すると、はやくも勃起を取りもどしはじめる。

「あうっ」

美波の眉間の縦皺が深くなる。それでも美波は健太にしがみつき、おま×こでペニスを感じつづけた。

◉新人作品**大募集**◉

マドンナメイト編集部では、意欲あふれる新人作品を常時募集しております。採用された作品は、本人通知のうえ当文庫より出版されることになります。

【応募要項】 未発表作品に限る。四〇〇字詰原稿用紙換算で三〇〇枚以上四〇〇枚以内。必ず梗概をお書き添えのうえ、名前・住所・電話番号を明記してお送り下さい。なお、採否にかかわらず原稿は返却いたしません。また、電話でのお問い合せはご遠慮下さい。

【送付先】 〒一〇一‐八四〇五 東京都千代田区神田三崎町二‐一八‐一一 マドンナ社編集部 新人作品募集係

ふたりの巨乳《きょにゅう》教師《きょうし》と巨乳《きょにゅう》処女《しょじょ》 魅惑《みわく》の学園《がくえん》ハーレム

二〇二三年 三 月 十 日 初版発行

著者◉鮎川りょう【あゆかわ・りょう】

発行◉マドンナ社
発売◉二見書房
東京都千代田区神田三崎町二‐一八‐一一
電話 〇三‐三五一五‐二三一一（代表）
郵便振替 〇〇一七〇‐四‐二六三九

印刷◉株式会社堀内印刷所 製本◉株式会社村上製本所 落丁・乱丁本はお取替えいたします。定価は、カバーに表示してあります。
ISBN978-4-576-23016-0 ◉ Printed in Japan ◉

Madonna Mate